MAURÍCIO SPINOLA

O QUE NOS ENVOLVE

KOTTER
EDITORIAL

Diretor editorial
Sálvio Nienkötter

Coordenação editorial
Claudecir de Oliveira Rocha

Editor-executivo
Claudecir de Oliveira Rocha

Editores-assistentes
João Lucas Dusi / Luiz Felipe Cunha

Design Editorial
Andre Luiz C. Mendes

Capa
Jussara Salazar

Ilustração de Capa (Drapetomania_carvão)
Maurício Spinola

Produção
Joehverson Guslen Jacob

Dados Internacionais de Catalogação na Publicação (CIP)
Angélica Ilacqua – CRB-8/7057

S741o Spinola, Maurício
O que nos envolve / Maurício Spinola. – 1 ed. – Curitiba : Kotter editorial, 2025.
152 p.

ISBN 978-65-5361-442-0

1. Ficção brasileira I. Título

25-1929 CDD B869.3

Kotter Editorial
Rua das Cerejeiras, 194
82700-510 | Curitiba/PR
+55 41 3585-5161 | www.kotter.com.br | contato@kotter.com.br

1ª edição | 2025

À minha família.

No breu, um pirilampo encandeia-se, apaga-se,
em fugazes aparições: mais à frente,
mais abaixo, numa fuga graciosa.

Saúde!

Os jatos quentes batiam nas mãos sobre a cabeça, respingando nos pés e pernas encolhidos, escorrendo pelo rosto e tronco, o cheiro forte de mijo misturado penetrando a contragosto nas narinas, as gargalhadas, a textura do papelão molhado, a humilhação, a raiva, o inverno dentro da caixa.

Depois o menino se recusava a sair de casa. Ir à escola? Melhor a morte. Segurava o xixi: o odor de ureia o punha de volta na caixa. O hábito lhe rendeu dores pélvicas, alguns castigos – uma semana sem videogame, lavar a louça, ajudar o pai na loja de antiguidades – e frequentes internações para tratamento das infecções urinárias.

Adulto, Ivan – um metro e setenta e nove e meio, pele parda bronzeada, cabelos crespos levemente alisados, partido do lado esquerdo, sempre cortados a máquina, olhos um pouco repuxados, narinas abertas, barba rala, corpo escasso de pelos – era obrigado a fazer, a cada seis meses, exames para monitorar a função renal. Não tinha problemas com agulhas, mas só entrava sedado no tubo da máquina de ressonância magnética.

Quando não podia evitar as viagens aéreas, tentava controlar com lenços a sudorese, com antialérgicos as manchas vermelhas pelo corpo enquanto aguardava na sala de embarque. Colocava o tapa-olho tão logo se acomodava na cabine do avião, retirando-o somente quando escutasse "portas em manual" e sentisse o tremular do assento indicando que o passageiro ao lado se preparava para deixar a aeronave.

Até os dez anos sua educação esteve a cargo de Dona Zilda, professora aposentada com problemas de audição, contratada pela família para apresentar as letras, inculcar-lhe os fundamentos da matemática e os bons modos. Não fosse o peculiar método pedagógico da anciã, ensinar as operações básicas pela contagem de dentes, *Agora, quantos dentes têm aqui?* Após retiradas e reposições das partes móveis da dentadura, e o menino não teria desenvolvido o bloqueio com os cálculos e desistido prematuramente do sonho de se tornar engenheiro mecatrônico.

Por muitos anos seu único amigo e confidente foi Minduim, um gato vira-lata, frequentemente confundido com um legítimo *American Shorthair.*

O isolamento social chegou ao fim durante a primavera pubiana. Pela primeira vez Ivan conheceu, com o auxílio de ferramentas da puberdade, um corpo feminino, o de Stefane, garota do Colégio Ferrer Guardia que nos intervalos entre as aulas sentava na escadaria de cimento que dava para o campo de futebol. Cabeça baixa, fones nos ouvidos, livro aberto entre as pernas; quando não estava lendo escrevia sem parar, levantando a cabeça de quando em quando para observar o céu, mordendo o lápis com o canto da boca. O bloco de notas, onde Ivan deixaria registros de uma paixão juvenil, trazia uma foto de Billie Eilish na capa.

Oi. Você sem-pre es-tu-da aqui? Gaguejando discretamente.

Às vezes... Gosto da vista.

É, a vista é bonita, evitando o bloqueio, *Você gosta de Billie Eilish?*

Sim, é incrível. Você também gosta? Retirando um dos fones.

Sorriu. *Sim. Quer dizer, eu... Eu gosto de música.*

Não poderiam ter começado de forma mais insossa, comentariam, rindo um do outro, meses mais tarde.

Outras garotas do Ferrer Guardia estavam em melhor posição – desinibidas, anatomias mais desenvolvidas, donas de si – para introduzir Ivan na vida sexual, mas coube à improvável Stefane, a *Nerd*, celebrar seu Bar Mitzvá.

Liang Yue, muito mais improvável que Stefane – dadas as circunstâncias sob as quais se conheceram e as diferenças culturais – foi o que se pode chamar de um grande amor, não sendo páreo, contudo, para Madalena, como os mortais não são para com os deuses.

Somente mais tarde, beirando os quarenta, menos estranho a si, Ivan chegaria à conclusão de que tudo que lhe aconteceu nos primeiros anos de vida concorreu para forjar a personalidade vacilante, mas também a firme determinação de nunca mais ser humilhado, de livrar-se de qualquer amarra; de não condescender com nada nem ninguém que conspirasse contra sua modesta, embora custosa, liberdade.

Ano de 2039. *Qohelet*, um de muitos *perfis digitais* de Madalena Abubakir, acaba de postar na rede social a convocação para a próxima *ação* do Oinos: uma aula sobre história do Brasil no período da ditadura civil-militar. O local e o horário somente seriam anunciados, por razões de segurança, uma hora antes.

Pontualmente, às dezoito horas do dia primeiro de abril, o local é divulgado: *Saborosos oinos, nosso encontro de hoje será no CGR,* acrônimo para Cine Glauber Rocha, tradicional cinema de rua no coração da região mais antiga de Salvador.

Em frente ao Glauber, a icônica Praça Castro Alves, palco de tantos festejos populares e carnavais, morada da altiva estátua do Poeta dos Escravos. Atrás do poeta, o pavilhão azul da Baia de Todos os Santos, riscada por linhas de giz do vai-e-vem das embarcações. No horizonte, do outro lado da Baia, sombras da Ilha de Itaparica.

Quando se reúnem no Glauber, os oinos utilizam uma pequena sala no subsolo do prédio, onde existe um túnel cujo acesso está escondido atrás de uma pesada estante de livros, a maioria versando sobre teologia, *business*, autoajuda e militaria, para não levantar suspeitas. O túnel conecta o prédio ao início da Ladeira da Barroquinha, a poucos metros da Rua do Bângala.

As informações sobre a existência e localização dos antigos túneis subterrâneos estão no apócrifo *História da Cidade da Bahia*, assinado pelo pseudônimo João Querino. Acredita-se ser uma homenagem a Manuel Querino, fundador do Liceu de Artes e Ofícios da Bahia e da Escola de Belas Artes. Graças à aversão e ao desprezo do regime por livros de história, nunca souberam da existência dessas artérias.

O túnel no sobrado que havia no lugar do Cine Glauber fora utilizado por africanos escravizados em fuga. Agora fazia parte de uma imensa rede de túneis subterrâneos, alguns construídos, outros reabilitados pelos arquitetos e engenheiros do Oinos, como o da Igreja Nossa Senhora do Carmo.

Desde a ascensão de Abraão Etchegoia ao poder três anos atrás, o regime cristão empreendeu profundas reformas em vários setores da sociedade brasileira, principalmente no tripé educação-cultura-comunicação, sem falar na criação de um código penal novinho em folha.

Na educação, superada a etapa do *homeschooling*, as mudanças mais importantes foram a transformação de todas as escolas em escolas cívico-militares onde a pedagogia e a disciplina dos alunos estão a cargo de policiais militares da reserva, a extinção das antigas disciplinas de história, filosofia, antropologia e sociologia do currículo básico. O conjunto foi substituído pela disciplina-tronco Cosmovisão Cristã, onde o aluno aprende "a se ver e a ver as coisas como Deus vê" (alínea a do inc. II do § 3º do art. 5º da Nova Lei de Diretrizes e Bases da Educação Nacional).

Não descuidariam da marcação do tempo. O dia de domingo e o 30 de novembro, Dia do Cristão, se tornaram feriados nacionais, dias santos – todos devem se abster de qualquer trabalho e do sexo, inteiramente dedicado à procriação (sexo recreativo está tipificado no novo código penal como "crime de lascívia"). A Bíblia fora alçada a "gênero de primeira necessidade", fazendo-a entrar na lista de bens subsidiados pelo governo. Pelo preço de um cotonete consegue-se comprar uma bíblia de bolso, feita de papel reciclado. De sorte que no "Dia do Pastor Cristão" e no "Dia da Marcha para YAHWEH", o texto sagrado estivesse ao alcance de todos.

Os produtos veganos não tiveram a mesma sorte que a Bíblia, sobretaxados com impostos que podem chegar a 800%. A razão? Sua conexão com a promoção da *bestialidade*. Assim dizia a nota técnica publicada pelo regime: "Estudo liderado pelo eminente Dr. Peter Senger alerta sobre o retorno da bestialidade na nossa sociedade. O único antídoto contra isso é o cristianismo que afirma, categoricamente, que gente é diferente de bicho, e o meio mais eficaz de combater a onda bestial é desincentivar o consumo de produtos veganos".

No meu percurso até o Glauber, as ruas da Avenida Sete de Setembro estavam enfeitadas com o símbolo do regime, um círculo contendo uma cruz estilizada, lembrando o do movimento *hippie*, só que de cabeça para baixo, e dizem que nada é por acaso. Bandeiras do Brasil e cartazes de uns quatro metros de comprimento pendurados por cabos de aço, com fotos de torturadores: Carlos Brilhante Ustra, Sérgio Fernando Paranhos Fleury e Filinto Müller, todos sob a insignia "Herói da Pátria". Resquícios das festividades oficiais no dia anterior, em comemoração à "Revolução Gloriosa".

Gloriosa, Gloriosa... Fiquei estacionado naquela palavra, remetido a memórias da infância, de passeios natalinos pelo local.

Luzes do Natal. Avenida Sete. Gente, gente carregando sacos de Noel. Coloridos, dourados, prateados. Gente, mais gente apressada. Mainha aperta minha mão. Já tem três sacos vermelhos na outra. Pernas, pernas. Desvio de uma, outra me acerta, quer me levar. Eu iria... Mainha me puxa de volta. Enfeza. O Relógio de São Pedro, os prédios piscam, piscam. Tudo brilha, apagando e acendendo, um engano só. Pintaram tudo de boniteza amarela, tá que nem a ruazinha que passa lá na frente de casa, no dia de festa. Passa um caminhão enorme, todo neon, uns homens sorridentes, sem dentes, pendurados nele, fazendo uma presepada danada. Vão gritando, mexendo com todo mundo, recolhendo outros sacos de Noel largados na rua. Feios. Fedorentos.

Meu Deus, o que essas crianças fizeram para receberem isso de presente? Olha o cachorro! Paro. Mainha me solavanca. Entramos numa loja de cheiro bom, com muitos carros de polícia, de bombeiro. Puxo a saia dela. Olha, o Superman! Ali, o Batman! Começo a pular. Sem querer, levanto a saia de mainha. Recebo um tapa na mão. Ai! Quero chorar. Outras crianças me olham. Não choro. Sou forte que nem o Hulk verde na minha mão. Devolve isso, é caro. Mas eu quero! Não! Puxão de orelha. Jogo o Hulk no chão. A garotinha o toma nos braços, me encarando. Ela deu língua... Queta, Ivan! A moça embala o quebra-cabeça. Castelo Neuschwanstein. Quinhentas peças. Não quero, saio dizendo baixinho, braços cruzados.

Ei, olha por onde anda!

Desculpe, senhor.

Acho que fiquei absorvido em todo aquele *glitter* autoritário, submerso nas lembranças, porque a caminhada da Estação da Lapa até o Glauber, que não dura mais que quinze minutos, pareceu durar meia hora.

Maria Rita foi a primeira a chegar na salinha do subsolo do Glauber. Dispôs em semicírculo as dez cadeiras da Schin de cor laranja, doadas por seu Adoniran, ex-membro da Ação Libertadora Nacional, braço da luta armada no tempo da ditadura militar, proprietário do boteco Bar Raul Delirius Seixas que fica cerca de quatrocentos metros do cinema, já na Cidade Baixa.

Acompanhada por Milton, franzino soteropolitano de modesta estatura, olhos graúdos e incisivos, adentra à salinha Madalena.

Saúde! Hum... Delícia! Saudou aos presentes, erguendo a mão direita, como se tivesse fazendo um brinde com uma taça.

Hum, que frescor! Reagimos.

Milton, formado em história pela Universidade Federal da Bahia, doutor por Salamanca, seria o orador daquela noite. Desde que o curso de história na universidade fora extinto pelo regime cristão, Milton sobrevive vendendo acarajés e abarás, receitas de sua avó materna, na praça do Largo da Mariquita, bairro do Rio Vermelho, e dando aulas clandestinas para os filhos rebeldes, outros só curiosos, das classes abastadas de Salvador.

Negra, trinta anos de idade, um pouco mais alta que Milton, cabelos sutilmente cacheados, penteados com as mãos, íris escura por inteiro, polida, voz dominada por agudos que concedia um timbre infantil à fala – os que tomavam isso por marca de fragilidade, invariavelmente se davam mal –, Madalena era uma presença magnética naquele início de noite. A contragosto dos pais, trazia na ponta do nariz arrebitado seu "abre-alas", uma pequena argola de prata. Como minúsculos objetos atraídos pelo campo gravitacional de um colossal corpo celeste, não tínhamos a menor chance de escapar de sua órbita.

E aquele jeito de olhar, que desconcerta sem intimidar; que nos impele à aproximação, com o cuidado de não ir além do que recomenda a prudência, é certo. Numa conversa, enquanto estivesse escutando seu interlocutor, combinações de pequenos movimentos com os lábios e as sobrancelhas transmitiam, por um ardil consciente ou por força do hábito, não se sabe, a mensagem: *não tô comendo nada desse reggae!*

Madalena também frequentara os salões acadêmicos. Graduada em Letras, é autora do romance *Abissal*, um *triller* psicológico ambientado na Cidade da Bahia de 1835, ano da Revolta dos Malês.

Alguém trouxera quitutes: banana-real, lelê, bolinhos de estudante. À medida que novos integrantes do Oinos iam chegando, o converseiro subia mais um degrau na escada dos decibéis.

Bora organizar esse baba?[1], tomou a palavra Madalena, acima dos outros decibéis.

O ruído foi diminuindo, diminuindo... Até só restar o som de maxilares triturando as iguarias.

O companheiro Milton, que muitos já conhecem, veio nos falar um pouco sobre o que aconteceu na Bahia, na nossa querida Salvador, durante o tempo em que os milicos, os meganhas estavam com o chicote nas mãos.

Milton, seja bem-vindo...

Uma hora e vinte minutos se passaram em quinze minutos. Não sentimos o tédio do tempo.

Foi uma aula magistral, com Milton apresentando as similaridades e as diferenças de conteúdo ideológico, práticas persecutórias e métodos de repressão, entre o atual regime e o de então, dos generais.

Enquanto estamos reunidos, alguns são destacados para vigiar o perímetro a partir de posições estratégicas, e avisar em caso de movimentação suspeita nos arredores. Naquela noite, Joana ficou de guarda no terraço do prédio.

Após a aula, pretendíamos ainda tratar de assuntos financeiros e logísticos do movimento, mas não foi possível. Quando Milton se encaminhava para concluir a aula, ouvimos a voz de Joana no rádio comunicador:

Tá barril! Movimentação estranha, câmbio!

Prossiga, câmbio.

1 "Baba", em Salvador, é como é chamada informalmente uma partida de futebol. Nesse contexto, a frase tem o mesmo significado de: "vamos organizar essa bagunça".

Grupo suspeito desembarcou de um furgão e está atravessando a rua em direção ao Glauber. Se piquem, câmbio!

Todos sabiam o que fazer.

Bora, Ivan, rápido, ajuda aqui com essa estante! Arregimentou Milton.

Outros recolhiam as embalagens e sobras de comida para apagar evidências da nossa presença no local.

Entramos no túnel. Retornamos a estante para a posição original, ocultando o acesso. Quem tinha lanternas seguia à frente, iluminando o caminho acidentado. O piso estava escorregadio, as paredes úmidas. Caminhamos em silêncio, o mais rápido que podíamos, com cuidado para não escorregar ou bater com a cabeça no teto irregular.

Levamos cerca de dez minutos até a saída, na Ladeira da Barroquinha. Milton saiu primeiro para ver se a barra estava limpa. Ao seu sinal, deixamos o túnel, nos dispersando aos pares.

Caminhava com Madalena pela Rua Visconde de Ouro Preto em direção à Estação da Lapa quando percebemos um homem baixo, corpulento, com uma barba densa do tipo *hipster*. Seguindo o treinamento, fizemos o teste: trocamos de lado na rua e o sujeito fez o mesmo; apressamos o passo e o *hipster* passou a andar mais rápido, mantendo a distância.

Disparamos numa corrida frenética, em zigue-zagues pelas ruas estreitas. Para tentar despistar o Cidadão de Bem, entramos e saímos de lojas com acessos em ruas distintas. Não adiantou: o homem alcançou Madalena, que gritou ao ser agarrada pela cintura. Corri para cima dele, levando-o ao chão numa rasteira de capoeira que quase me custou um pé fraturado. *Ladrão, aqui, ladrão!* Uns marombeiros acompanhavam tudo, sem entender, da porta de uma academia de ginástica. Atendendo ao meu pedido de ajuda, avançaram sobre o *hipster*, imobilizando-o até a chegada de algum policial. *Sou um Cidadão de Bem, me larga!*, protestava.

Retomamos a corrida, suspeitando que o *hipster* não fosse um lobo solitário. Quando chegamos à Estação da Lapa, estávamos exaustos, à beira de um colapso. Pulamos no primeiro trem que deixava a plataforma. Outro Cidadão de Bem, tão raivoso quanto o primeiro, se lançou contra as portas do vagão, que se fechavam. Sua mão foi imprensada, fazendo-o puxá-la com tanta força que caiu de costas no chão, no mesmo instante em que o trem entrou em movimento.

No trajeto, depois que recuperamos a respiração, não conversamos sobre o que acabara de acontecer, encenando um jovem casal imerso em suas conversas: *Vai ter Recôncavo*[2] *no Água de Pote*[3]*... Bora? O rolê na casa de Joca deu ruim; Mainha vai fazer caruru no domingo... Você vai, né?*

Vou nessa, Madá! Tem certeza que não quer que te acompanhe até sua casa?

Não precisa, tá de boa. A gente se vê por aí, Ivan!

Passava das 22:30 quando desci na Estação Bonocô e Madalena seguiu viagem rumo à Estação Mussurunga, seu destino.

---

2 Samba de Roda do Recôncavo.

3 Bar musical no bairro de Itapuã, Salvador, onde acontecem rodas de samba.

Madalena

Ano de 2026. Madalena tinha Camila, melhor amiga. Sua família, os Calazans, tem uma casa na Praia de Guarajuba, distante uma hora de carro de Salvador, onde Madalena costumava passar alguns dias durante o verão, na época do ensino médio.

Enquanto Camila e Madalena estavam na casa de praia dos Calazans, me hospedei na moradia estilo colonial do meu amigo Wilson, do Colégio Central, situada próximo à Rua da Feira em Monte Gordo, distrito de Camaçari, distante cerca de cinco quilômetros da Praia de Guarajuba.

Afastada da agitada rodovia que liga a grande Salvador às cobiçadas praias do litoral norte, a vizinhança da casa colonial em nada remetia à paisagem praieira, mas à geografia interiorana do recôncavo. O terreno do quintal é grande, com muita vegetação e árvores frutíferas: mangueiras, umbuzeiros, pitangueiras, uma jaqueira. E flores, muitas flores.

Todos os dias nos encontrávamos, eu, Madalena e Camila, na praia, em frente à Peixaria do Paulo, para curtir tudo que o verão soteropolitano pode oferecer: mergulhos nas águas tranquilas, passeios de barco ou somente ficar horas largado numa espreguiçadeira, de frente para o marzão. No almoço, o que rolava era moqueca, de camarão, de siri catado, siri-mole, uma para cada dia; para petiscar, acarajé quentinho da hora, crocante por fora, macio por dentro, cocada branca e picolé Capelinha, de amendoim, é claro!

Enquanto eu e Madalena podíamos conversar e caminhar por horas sobre a fina areia, Camila tinha preguiça para longos percursos. No oitavo dia daquele verão magnífico, uma intoxicação alimentar a fez desistir da praia e eu tive meu momento a sós com Madalena.

O sol queimava seu corpo torneado. O som da rebentação fazia vibrar as mais sensíveis cordas do seu espantado ser. Uma melancolia, que só bate em Guarajuba, a arrastava para emoções inaugurais. Estando a alguns centímetros do seu corpo, a admirava de longe.

Caminhamos sentindo a areia penetrar entre os dedos. No percurso, topamos com sargaços trazidos pela última maré alta, conchas, guaiamus, cacos de vidro coloridos lapidados pelas correntes marinhas, pedaços de redes de arrastões com minúsculos peixes presos à malha, até tartarugas sem um final feliz.

Nosso passeio predileto, que se repetiria a cada verão, consistia em caminhar da altura da Peixaria do Paulo, próximo ao Bar do Carlinhos, até a Praia da Espera na região de Itacimirim, que em 1984 foi o porto seguro para o exausto e solitário explorador Amyr Klink, depois de atravessar o oceano Atlântico num barquinho a remo, o Paraty, de apenas 5,94 metros de comprimento e 1,52 de largura. De Lüderitz, na costa da Namíbia, até a Praia da Espera foram cem dias no mar. A incrível história de Klink era um convite, não, uma convocação, aos aventureiros.

Ali na Praia da Espera, sentamos numa generosa sombra de coqueiro. Madalena retirou da bolsa de palha seu exemplar de *Chamado do Mar*, de James Amado. Abriu na primeira página:

Os rochedos protegem a pequena enseada dos ventos fortes. Para o sul, a pouca distância do porto natural assim formado, erguem-se as primeiras casas da cidade do cacau. Para o norte, a paisagem agreste. A longa faixa de praia tem à sua esquerda os coqueiros nativos e, à direita, o mar. Linhas retas e firmes separam a praia do mar e do coqueiral. Mas esses três elementos, precisos, delimitados, são infinitos. Ninguém sabe onde termina aquela faixa de areia, até onde o coqueiral a acompanha, ninguém sabe onde acaba o mar.

A leve queimação na pele e a brisa que o mar soprava nos envolveram numa lassidão gostosa. Madalena fechou os olhos por um momento, ficou ali, sentindo o roçar do vento nas pernas. Sorriu discretamente, em leve constrangimento, quando percebeu, ao abrir os olhos, que a estava observando. Retornou a Amado, talvez para escapar do constrangimento:

As cores são puras e simples. A praia é branca, o mar é verde perto da areia, azul em alguns pontos, negro em certas partes...

Ao pôr do sol, grávidos de novos mundos, nos entregamos de vez aos feitiços da palavra poética. Tomei o livro de suas mãos, li em voz alta:

Surgiram lágrimas em seus olhos, ali sozinha, com medo, escorregaram-lhe pelas faces agora em brasa, molharam os lábios por onde escaparam os soluços como o pulsar do coração cheio de medo. O ouvido, apenas, ficou atento, percebendo os passos que se afastavam quase a correr. E o silêncio, indevassável, ameaçador. Num impulso repentino as pernas se moveram, o corpo de pé caminhou rápido pela réstia de luz, entreparou ao lado da porta, os olhos viram a saída livre e ela correu para a infância.

Lindo!, disse de maneira arrastada e meiga.

Por muito pouco não a tomei nos meus braços, ali, do meu ladinho, com todos os poros da sensibilidade escancarados. Por alguma razão, um bloqueio, me contive; talvez por receio de não ser correspondido, de ultrapassar algum limite.

Só mais tarde, depois de muitos outros promissores encontros amorosos que ficaram pelo caminho, de muitas sessões de terapia, descobri que todos os meus bloqueios decorrem de uma hesitação crônica e esta, por sua vez, se alimenta da minha incorrigível mania de a tudo idealizar. Aquelas poucas horas a sós com Madalena na Praia da Espera poderiam facilmente se transformar, no dia seguinte, numa arrebatadora história de amor.

Gastei uma grana com psicólogos, psiquiatras e psicanalistas, mas o começo de minha superação da hesitação crônica veio de forma gratuita e fortuita. Frederico Cesare Macci, o Fredy, é um italiano andarilho que ganha a vida vendendo livros usados em bares e restaurantes de Salvador. Estava com amigos tomando uns drinques no Barravento, conhecido ponto de encontro da juventude soteropolitana. Fredy apareceu com livros bem maltratados. Ninguém na mesa se animou a comprá-los, mas o Fredy é *Tutti Buona Gente*, então decidi dar aquela força, ficando com um exemplar surrado de um dos *best-sellers* (?!) do Paulo Coelho. Depois que Fredy se foi, abri bem no meio do exemplar e encontrei uma folha de papel verde solta, com um texto manuscrito, de autoria de um tal de Rudolf Stainer, copiado por alguém chamada Betina Bentrano, se bem consegui decodificar a caligrafia. Um trecho dizia assim:

Nego-me a me submeter ao medo
Que me tira a alegria de minha liberdade.

Que não me deixa arriscar nada.
Que me torna pequeno e mesquinho,
Que me amarra
Que não me deixa ser direto e franco,
Que me persegue, que ocupa negativamente minha imaginação
Que sempre pinta visões sombrias.
No entanto, não quero levantar barricadas por medo do medo.
Eu quero viver e não quero encerrar-me.
Não quero ser amigável por ter medo de ser sincero.
Quero pisar firme porque estou seguro e não para encobrir meu medo.

Palavras que em outro momento soariam banais, completamente inofensivas, naquela noite, com a consciência alterada por cinco gin tônicas e três caipirinhas, foi como se tivessem aplicado um poderoso eletrochoque bem no centro da minha hesitação.

Daquela noite em diante, uma mudança radical, embora gradativa, se operou: quase sempre me sentia confiante; passei a acreditar mais em mim, vencia a hesitação mais do que por ela era vencido. O saldo sempre positivo.

No caminho de volta quase não nos falamos. De forma proposital, atrasava um pouco os passos para vê-la por inteiro, deslizando elegantemente sobre o chão batido da areia molhada. Foi quando notei que a noite ia prevalecendo sobre o dia. Voltei-me para o mar, que se tornara cinza, quase completamente escuro, e roncava como um molusco faminto engolindo a presa, o continente. Da larga faixa de areia, restou um par de metros. Tivemos que atravessar o último trecho de praia em luta contra águas frias e agitadas que nos puxavam pelos pés para seus domínios. De mãos entrelaçadas, alcançamos a Peixaria do Paulo, deserta de gente.

Quando chegamos à casa da família Calazans, Camila, batendo impacientemente o pé direito no chão, nos aguardava na porta.

De hoje que eu tô aqui... Onde vocês se enfiaram?!, com uma pitada de irritação na voz.

A praia nos envolveu e o tempo relativizou-se, respondi com licença poética, o que só fez aumentar sua irritação. Madalena não disse uma palavra, apenas sorriu um sorriso moleque e nos despedimos.

Madalena responde por vários crimes: "heresia", hediondo e inafiançável; "maledicência", com pena que pode ir até um ano de reclusão e multa de cento e cinquenta criptoDenários (cD$); "rebeldia", por críticas às autoridades constituídas e "crime de lascívia". A denúncia deste último partiu de uma vizinha, moradora do apartamento anexo ao dela.

Numa madrugada, Madalena e Otávio, seu companheiro, resolveram se divertir um pouco e, entregues ao calor e à alegria do momento, esqueceram de usar suas máscaras N95, que no passado serviram para protegê-los do vírus mortal e agora os protegem dos agentes, igualmente virais e mortais, dos Cidadãos de Bem espalhados por toda parte. Em noites normais, os sons dos apartamentos não tinham futuro além das quatro paredes, mas naquela madrugada, perigosamente silenciosa, as emissões felizes e imprudentes do apartamento 402 chegaram aos ouvidos sensíveis e castos da vizinha do 401, uma cristã que antes de se converter à religião dos oikoianos levara uma vida monástica no Convento do Carmo, transformado em hotel de luxo pela especulação imobiliária, depois em templo evangelical pela especulação espiritual.

Toda esta marcha para cima e para baixo, aplaudindo e agitando bandeiras é apenas sexo que azedou – foram as palavras orwellianas que vieram à mente de Madalena ao receber a notificação da Justiça Divina.

Madalena e Otávio se conheceram num retiro espiritual. Naquele tempo, aos vinte e dois anos de idade, acreditava piamente que a Igreja era o prolongamento do corpo de Deus na terra, o que a predispunha a generosa boa vontade para com os cristãos, proto-anjos.

Você é sempre tão quieto... Pensativo.

Não tenho muito o que dizer, encolhendo os ombros.

Acho isso tão bonito... Você parece um oceano, profundo, misterioso.

Você acha?

As pessoas que falam demais me cansam. Você, não.

A timidez covarde de Otávio foi tomada por sabedoria e maturidade; sua sem-gracice mesclada com introspecção lhe concedia discreto charme.

Quem controla suas palavras é sábio, e quem mantém a calma mostra que é inteligente, diz o provérbio. Otávio era sua encarnação. O mundo poderia arder em chamas que ele manteria a calma e o humor. Falava pouco, mais por um absoluto desinteresse sobre quase tudo do que por qualquer virtude.

Assim, sem esforço, totalmente por acaso, Otávio "conquistou" o coração daquela que viria a ser sua mulher. O casal desfrutou de uma vida muito boa, maravilhosa até, nos primeiros anos, enquanto empolgados e entretidos com as descobertas: os pratos preferidos, o curioso de como se vestiam, os jeitos de fazer amor, a reforma e decoração do apartamento, a profissão, os primeiros ganhos financeiros, os sonhos, planos, as relações com os novos parentes, novos amigos, e depois a novidade da paternidade, da maternidade.

Os anos de matrimônio, todavia, seriam a câmara sombria a revelar, de impasse em impasse, de espanto em espanto, de conflito em conflito, o Otávio sem cera e sem verniz: o moralista religioso, o conservador aferrado a aparências e etiquetas sociais, o incurável narcisista, de um tipo peculiar, difícil de se ver a olho nu, como a base submersa de um iceberg.

Apesar de tudo, porém, Otávio sempre foi um profissional dedicado ao trabalho e se mostrou pai amoroso com as filhas, razões suficientes para Madalena nunca considerar o divórcio, embora durante as brigas mais violentas tenha seriamente cogitado essa possibilidade.

Madalena, por seu turno, não é flor que se cheire: a competitividade à flor da pele a faz pôr muita energia em questões "importantes" do dia a dia de uma família de classe média – para onde iremos na nossa próxima viagem? Com quem vamos passar o *réveillon*? Vamos trocar de carro? Em qual aplicação financeira investir nossas economias? Essas e outras questões costumavam ser o estopim para brigas homéricas, nas quais se digladiavam o egoísmo de Otávio e a impetuosidade de Madalena.

Otávio mantinha sempre "os pés no chão", optando por alternativas seguras e conhecidas, qualquer que fosse a situação, enquanto Madalena frequentemente se excitava com tudo que fosse duvidoso; gostava de se lançar, se arriscar. Como na noite de formatura no segundo curso superior, quando em seu discurso de oradora da octingentésima décima nona turma do curso de Direito, fez uma corajosa defesa do Estado laico:

Por que nossos professores insistem em ensinar que Deus, o Deus dos cristãos, é o fundamento da nossa Constituição? Por que em nossos tribunais somos obrigados a jurar, com as mãos sobre a Bíblia, dizer a verdade, nada mais que a verdade? Aliás, o que é a verdade?

O burburinho tomou conta do auditório. Logo cortaram o áudio do microfone, o mestre de cerimônias se apressou em reassumir o comando. Viu-se Madalena descer do tablado, escoltada por dois homens vestidos com a mesma beca preta dos formandos. Encaminhada para um cubículo atrás do palco, foi por quase uma hora interrogada por uma senhora de meia-idade, sisuda de rosto, esquelética do pescoço para baixo. Depois de ameaças, foi liberada.

O ocorrido teria permanecido daquele jeito, sem maiores consequências, não fosse o fato da presença de um promotor da Justiça Divina no auditório. Todo evento considerado "crítico" pelo regime – algumas cerimônias de formatura, uma ou outra partida de futebol, shows e casamentos de *gente importante* – conta com tais zeladores da ordem.

Uma semana após a formatura, Madalena encontrou na caixa de entrada do correio eletrônico a notificação oficial da Justiça Divina, intimando-a a comparecer perante um juiz da Ordem dos Gideões, como são chamados os juízes de primeira instância no regime. Por sorte Madalena tinha um primo que pertencia à prestigiosíssima corporação dos Mediadores, especialistas em cristãos, à época.

Durante os governos de esquerda, antes da formação do regime, cristãos evangelicais ainda eram minoria na sociedade brasileira, mas experimentavam um crescimento exponencial depois que a mentalidade *Quiverfull* ("Aljava Cheia") se estabeleceu em quase todas as famílias cristãs: as mães pariam como coelhas, produzindo um exército de guerreiros para a Guerra Santa e missionários para a evangelização mundial. O "*boom*" de cristãos ameaçava os planos eleitorais do partido do então governo, de base socialista.

Foi aí que pastores, ex-pastores, bispos, ex-bispos, teólogos e teólogas, progressistas, dentre os que mais temiam o ostracismo ou mais desejavam as luzes de uma ribalta eletrônica, viram a grande chance de se colocarem como os únicos qualificados a facilitar o diálogo, que naquela altura parecia impossível, entre cristãos e políticos da esquerda socialista. Afinal, quem melhor para ensinar a ateus marxistas, anarquistas, trotskistas e leninistas o "caminho das pedras" até o coração e a mente de um cristão, senão aqueles e aquelas que estão ou estiveram dentro das igrejas e dos seminários teológicos?

Ivan

Vou nessa, Madá! Ele disse, acho, antes de saltar na Estação Bonocô.

Foi a última vez que estive com Ivan. Estranhamos ele não aparecer na reunião do Oinos no Colégio 2 de Julho cinco dias depois, nem nos encontros virtuais. *Você viu Ivan? O Ivan apareceu no Barravento?* Nada. Ninguém tinha notícia dele. Alguns dias. Passamos a considerar que poderia estar preso em penitenciária do Oikos ou coisa pior.

Evitamos fazer contato com Dona Elvira. Não queríamos alarmá-la. Por fim, ao cabo de uma semana, a procuramos, mas também não tinha notícias do filho. Ligou muitas vezes, sem sucesso. Foi até seu apartamento: *Ivan, você está aí?* Golpeando a porta após minutos tentando a campainha. Ficou no edifício até as primeiras horas da madrugada esperando, mas o filho não deu as caras. Uma crise de nervos e foi à lona. Acordou nos braços do porteiro com o pulso pressionado por uma mulher alta, médica, moradora do prédio.

No dia seguinte, com a ajuda de amigos e parentes, a porta do apartamento foi arrombada. Todos os pertences de Ivan, roupas, sapatos, mochilas, produtos de higiene pessoal, tudo estava no recinto. Nenhum sinal de que o lugar tivesse sido invadido por estranhos, nem mesmo foram encontrados restos de comida. Dona Elvira lembrou que o filho havia anotado, fazia uns dois anos, no caderninho dela as senhas da conta bancária, a ser usada em caso de necessidade: vários saques foram realizados num intervalo de dois dias, deixando a conta praticamente sem dinheiro. Isso nos fez ventilar a hipótese de roubo seguido de morte, que logo seria descartada.

Iniciamos buscas em presídios e necrotérios na região de Salvador, tudo em vão. Sem vestígios de Ivan. Foi aí que lembrei do meu primo Augusto, o Mediador que me ajudara a escapar do processo por crime de heresia. Tinha trânsito nos aparatos de vigilância e repressão do Oikos, incluindo contatos na Secretaria de Segurança Pública do Estado da Bahia. Conseguiu imagens das câmeras de segurança instaladas na Estação Bonocô, na passarela sobre a Avenida Mário Leal Ferreira e algumas na Rua Odilon Dórea, no bairro de Brotas, por onde Ivan deveria ter passado a caminho de casa.

A análise das imagens mostrou que nas cinco primeiras câmeras, da Estação Bonocô até o ponto onde a Odilon Dórea se encontra com a Rua Ariston Bertino de Carvalho, Ivan aparecia seguido por dois homens fortes que usavam o mesmo boné preto com o nome MAGA [*Make America Great Again*] na parte da frente. Não havia câmeras instaladas além daquele ponto. Tudo que tínhamos era aquela sequência de imagens.

Enviamos os arquivos com os vídeos para Milton, quem tinha como paixão, depois da História, é claro, o que tempos atrás se chamava *Informática*. Mexia nas horas vagas com processamento e edição de conteúdo audiovisual. Dias depois, nos chamou até sua casa no bairro da Pituba. Queria mostrar algo que encontrou nas imagens, que não havíamos notado antes, com meu precário PC. Depois de um processo de "limpeza" das imagens originais e utilizando-se da função "super zoom", emergia da parte lateral dos bonés dos dois homens que seguiam Ivan uma discreta bandeira da Grande Nação Sionista e na orelha de cada um deles, um minúsculo aparelho de ponto eletrônico. Eram agentes do Oikos! Não restavam dúvidas.

Ivan entrava, assim, para a estatística de desaparecidos. Fantasiava que ele ainda surpreenderia a todos, aparecendo, com a maior cara de pau, na nossa roda no Boteco do Bigú, na Mouraria.

Primeiro mês... Segundo mês...

Passados quase três meses, providenciamos um reservado e singelo sepultamento no Cemitério Jardim da Saudade com a presença de familiares de Ivan e companheiros do Oinos. Colocamos no caixão alguns dos seus pertences, retirados do apartamento.

Isso aqui é seu, minha filha. Peguei o caderninho das mãos de Dona Elvira. *Seu nome está por toda parte.* Dei nela um abraço demorado, agradeci.

As semanas que se seguiram foram as piores da minha vida. Até perdê-lo, não tinha a noção do quanto gostava de Ivan. Otávio fazia o que podia para me consolar, mas algo no tom de sua voz, na maneira como me olhava enquanto eu chorava, deixava claro que considerava exagerado todo aquele luto. Odiava quando me dizia, *faz parte da vida, todos vamos morrer um dia.*

A única vez que vi Otávio enlutado de verdade foi na morte de Pantera, nosso gato preto. Mesmo assim, não deu dois dias para ele aparecer em casa com novo exemplar do espécime, como quem troca o jarro que quebrou ou a máquina que enguiçou.

E você sabe... Ansiedade, depressão, tudo isso é falta de fé!

De onde você tirou isso, Otávio?

O doutor Daniel Berenger: "Se Deus declara que um comportamento é moralmente errado, tal comportamento não é causado por defeitos genéticos, produtos químicos defeituosos, cérebros disfuncionais ou circunstâncias difíceis". Não lembra?

Aquele negacionista de uma figa?

Se a Bíblia diz "Isso é errado", é errado!

Tenha paciência, né Otávio! Ansiedade, depressão, são transtornos muito bem documentados pela ciência médica.

Tá vendo, esse é o problema: não é mais a Bíblia a rainha dos saberes; não é mais a teologia a rainha dos saberes, mas a ciência natural. O DSM[4] falou, é lei, né?

E isso não é um avanço?

Antigamente se esperava que os homens fossem fortes na hora da dificuldade. Hoje vemos as pessoas fraquejando e dizemos: "Que lindinho! Que lindinho!".

Agora você está sendo cruel.

Meu pai – que Deus o tenha! - estava certo. Quando minha mãe perdeu o pai, que se enforcou na garagem de casa, ele disse pra ela: "Não vou te ajudar em nada; levante-se e vá caminhando sangrando. Você tem quatro filhos e tem a mim, e nós precisamos de você".

Seu escroto! Me deixe em paz!

Ficava confinada por horas no quarto, lendo e relendo tudo que estava no diário que Dona Elvira me entregara. Beleza e angústia jorravam daquelas linhas, dos desenhos rabiscados, em meio a páginas com manchas de café e de gordura. Algumas haviam sido rasgadas, ficando o que restou delas

4 Manual Diagnóstico e Estatístico de Transtornos Mentais.

junto à costura na lombada do livrinho, um *sketchbook* com a bandeira negra, em guache, ocupando toda a capa.

Sempre suspeitei que Ivan nutria sentimentos por mim. Não sabia que eram tão bonitos e profundos. À medida que lia o que ele escreveu, sentia meu peito comprimido pela força daquela vitalidade, estupidamente interrompida. Às vezes ria muito, nas partes em que Ivan derramava todo seu veneno de sarcasmo e ironia. Ao final, contudo, a tristeza de não ter correspondido àquele amor, sem nenhuma razão, além de um moralismo *preta-portê*, tomava conta de mim. *Como pude ignorá-lo daquela maneira e durante tantos anos?*

Numa página salpicada de oxidação, uma anotação:

Hoje estive a sós com Madalena. Agora tenho alguma ideia de como deve ser no céu, sobre o qual ela tanto fala. Fomos até nosso refúgio secreto (Praia da Espera), mas quando tive a chance, me faltou coragem de agarrá-la, beijá-la.

Logo abaixo, cadafalso em nanquim com boneco enforcado por uma corda grossa e as seguintes palavras ao lado do desenho: *FROUXO MORRE APERTADO.*

Na página seguinte, um pequeno *Termos de rendição ao Medo*:

Ó, Medo, Senhor dos sete mares!
Devorador de futuros.
Triunfaste.
Negociemos os termos da rendição.
Em troca de mais uma "vida que poderia ser",
Itens da sua cobiçada Mercadoria.
Porções dobradas de "Pelo menos..." ao despertar.
Ao sol a pino, um tanto de "Ah, também...".

"Dane-se!" para as noites solitárias.
Se não for pedir muito, "Vida que segue..." sobre todas as horas.

Sem muito esforço, me transportei para aquele dia na Praia da Espera. As sensações retornaram com singular realidade: rendida a Afrodite, eu, aquela imensa pilha de galhos desidratados, encharcada de gasolina, aguardava a fagulha imprudente que voaria do seu corpo aceso até meu peito, iniciando o incêndio.

Dez páginas à frente, uma entrada no diário, datada em 10 de maio de 2031, dia do meu casamento:

Vou entrar em luta corporal com os deuses.
Zeus me deixou entrar no seu jogo, sentir a eletricidade afetiva, o desejo a circular nas artérias, e bem quando a enxurrada de cores e sensações invadia minha monotonia monocromática, me fez tirar a carta "perca sua vez".
Me explodirei, levando comigo uns dois sádicos do Olimpo.
Como poeira fica mais fácil grudar-me a ti, sem que ninguém perceba, sem ter que dar satisfações.
Existência subatômica, alforriada dos olhares culpabilizadores.
Energia leve, camuflada na malandra indeterminação do elétron, andando por aí... Rindo das pobres criaturas, arrastando cadeias de membros e órgãos contrariados.
Meu doído devaneio.
Depois, seguirei recolhendo contas de luz, multas de trânsito da caixa postal, pagando-as antes do vencimento. Tenho pena da minha caixa postal: as únicas palavras amáveis que acolherá no ventre serão felicitações natalinas do merchandising das lojas, enviadas por atacado.
Minha valentia estanca nas exclamações sobre o papel digital.

Lose control!
Loser in control.
Escuto no volume máximo um som off-road de protesto, enquanto ajusto a lanterna alcoólica que projeta nas paredes da rede social sombras agigantadas do meu diminuído self.
Ergo os olhos. Tem umas pessoas bem arrumadas à minha frente. Exalam confiança, donas da-porra-toda.
Talvez as inveje. Esse jeito de quem anda sobre as águas é irresistível!
Devem estar a oeste de Greenwich, não deu tempo da notícia do fim do mundo aparecer nas timelines. Vai ver que é isso.
Daqui há um tempo, no quinquagésimo pós apocalipse, paleontólogos farão a autópsia do meu fóssil: essa espécie, milhões de anos atrás, foi vítima de um Big One.

Camila, além das crises de choro, se entregou ao medo paranoico de ser "apagada" pelo Oikos. Evitava sair à noite; na rua, desconfiava da própria sombra. Recorreu aos antidepressivos, dormindo com ajuda daqueles minúsculos comprimidos; reforçou a porta do apartamento com fechadura eletrônica de destravamento por biometria.

Primeiro ano... Segundo... Terceiro...

As vozes de Ivan se tornaram ruídos brancos; suas cores vivas, tons pastéis aquarelados; sua presença, marca d'água nas páginas de minha vida.

Ana Clara e Maria Quitéria nasceram, nova alegria, a maternidade. Toda energia drenada logo era reposta pelo prazer de partilhar com elas cada novo momento, vendo-as crescer.

Os registros na última página do diário, de sotaque inventarial, destoavam de tudo que tinha lido até então.

Mãe/Peito/Colo/Cafuné/Vó/Vô/Tia/Tio/Primos/Boneco/
Boneca/Boneco/Playstation/Skyrim/Caixa/Mijo/Raiva/Medo/
Casa/Casa/Minduim/BolasdePelo/Espinhas/Roacutan/
FerrerGuardia/Stefane/Sofá/Boca/Bunda/Peito/Camisinha/
ColégioCentral/Amigos/Barba/Night/Iolanda-Carla-Mônica/
*Grêmio/***Madalena***/Verão/Guarajuba/Alegria/Tristeza/Ácido/*
*Liberdade/Carnaval/***Madalena***/Paixão/Loucura/Sinos/*
*Arrebatamento/Betoniano/***Madalena***/Religião/Céu/Inferno/*
Rejeição/Otávio(babaca)/NãoQueroVerNinguém/Mouraria/
Boteco/Cerveja/Pinga/Mochileiro/Recôncavo/Sertão/Oikos/
Sacanas!/Raiva/Medo/Assalto/Pai/Luto/Deus(?)/Abandono/
Trabalho/Trabalho/Fadiga/Chefe/NemaPau!/Briga/Álcool-
Carro-Madrugada-Chuva/Hospital/Dor/Culpa/Quarto/Quarto/
Oinos/NinguémSoltaaMãodeNinguém/Ashbel/Camila/
*Milton/***Madalena***/Veneração/GlauberRocha/PorPouco/*
RatosdoOikos/NãoPodeSer/OFim/Falhei/Perdão/Mãe

Oikos

Em reunião com a cúpula do governo socialista para tratar da persistente dificuldade de interação com os cristãos, o presidente do Conselho Consultivo para Assuntos Metafísicos, Paulo de Tarso, mediador experimentado, retirou da pasta preta um volume em capa dura, pôs os óculos, inclinando-se sobre o documento:

Essa parcela da população está mais blindada por mensagens diárias, dentro e fora dos templos, refratária a tudo que venha da política no espectro progressista, primeiro parágrafo do relatório final sobre "a questão cristã". *A solução, portanto, consiste em entregar nas mãos dos verdadeiros intermediários, com credibilidade e conexão cotidiana, a tarefa de transmitir o que esse governo tem a dizer aos cristãos.*

Fruto do trabalho árduo da equipe de especialistas em cristãos do Conselho, a Cartilha Cristã foi recebida com extraordinário entusiasmo. Pretendendo demolir preconceitos históricos, o documento apresentou uma Igreja comprometida com a democracia, marcada por grande diversidade, focada na transformação pessoal e social, que prima pelas liberdades; uma comunidade de apoio espiritual e material para milhares de pessoas.

A surpresa estava estampada nos rostos de marxistas, socialistas e anarquistas presentes no salão onde acontecia a reunião. O relato sobre a Igreja era maravilhoso. Tão maravilhoso que suscitou certa dose de ceticismo em alguns. Não bastasse todo o vanguardismo do movimento cristão, os Mediadores ainda destacaram que as igrejas sempre foram "espaços importantes de formação artística, com a oferta de aulas de música, teatro e dança", inegável contribuição para a cultura brasileira.

A Cartilha Cristã ainda lembrava a relação fraterna de governos socialistas com os crentes, demonstrada nas criações da Lei da Liberdade Espiritual e do Dia Nacional da Anunciação do Evangelho. Além da Lei da Camaradagem Fiscal que concedeu imunidade tributária para igrejas, que deixaram de pagar bilhões por ano em impostos, sem esquecer a lei que instituiu o Dia Nacional da Música Sacra.

Bom, era uma cartilha, certo? Não poderia deixar de dar instruções. Por isso estava estruturada em duas partes: "o que fazer" e "o que não fazer", do jeitinho que toda militância gosta.

Finalmente chegou o período eleitoral, hora de pôr em prática a Cartilha.

O experiente e carismático candidato à reeleição pelo governo socialista chegou para o seu primeiro grande compromisso eleitoral entre os cristãos, na megaigreja Proud Boys Church Brazil, liderada pelo pastor estadunidense Ted Boy. O clima no megatemplo, com capacidade para cinquenta mil pessoas, era de muita celebração, com louvores *vintage* mesclados com *heavy metal* gospel sob jogos de luzes, entoados em megawatts por uma megabanda de adoradores profissionais, os *boyers*.

Céu na terra, um fiel assim descrevia aquela experiência, entrando ao vivo no *streaming* da plataforma digital BoyFlix.

Tudo começou a desmoronar, contudo, quando o candidato socialista, pautando-se pela informação cartiliana de que os cristãos valorizam a família, a diversidade, a verdade, lembrava, de púlpito, do dever de acolher e cuidar de todos os tipos de família:

Povo de Deus, não podemos esquecer de exercer o amor, renovando nosso compromisso de proteger e cuidar das famílias, as tradicionais, heteroafetivas, e as formadas por casais homoafetivos. Deus ama a todes, independente de cor, gênero e orientação sexual.

Grande silêncio, seguido por alarido distante que foi chegando mais perto.

Sem entender o que estava acontecendo, o candidato vira-se para os pastores ao seu lado, todos com expressões sombrias.

Buuuu!, estouraram as vaias, como um coice sonoro de avião supersônico em voo rasante.

Objetos voaram sobre a cabeça do candidato, atingido bem no meio da testa por uma bíblia de bolso, atirada da primeira fileira de cadeiras. Rapidamente os seguranças fizeram um círculo humano em volta, retirando-o do recinto pelas portas dos fundos.

No mesmo dia, outro local da cidade, novo incidente. O candidato a vice na chapa Brasil Uníssono participava de um encontro com teólogos e, orientando-se pela diretiva da Cartilha de, entre cristãos, usar o nome de Deus com muita parcimônia, resolveu "fazer uma média":

Escribas de Deus, sou fã do Nazareno, como vocês. Tudo que ele fez foi absolutamente extraordinário, não é mesmo? Mas nada se compara àquele episódio quando confrontou uns religiosos desalmados, que sacrificavam vida humana no altar de ritos sem sentido.

O amigo poderia ser mais claro? A qual episódio se refere? Indagou um dos teólogos.

Pois não, Vossa Senhoria Reverendíssima, refiro-me ao episódio em que o Mestre elogia a atitude do magnífico Rei Davi, devorando aqueles pães quentinhos que disseram ser consagrados a Deus e que, na verdade, um punhado de sacerdotes espertalhões dizia ter o direito (fazendo o gesto das aspas) divino de comê-los.

Como a dúvida persistisse, estampada nos rostos, foi até a mesa onde estavam os pedaços de pão separados para a celebração da Santa Ceia, pegou um deles, engoliu sem mastigar, fazendo-o engasgar por um par de segundos.

Gulp! Glup!... Isso aqui é pão, trigo com fermento e água, nada além disso.

Os presentes se ajeitaram nas cadeiras, entreolhando-se. O candidato a vice não percebeu a água fervendo. Avançou no sinal amarelo:

E a melhor maneira de consagrá-los a Deus é fazê-los chegar aos estômagos famintos, como nos ensinou o Filho de Deus na Grande Multiplicação.

Comunista desgraçado! Como ousa banalizar os pães da Santa Ceia e desrespeitar nossa fé na nossa cara?! Exaltou-se um teólogo de cabelos grisalhos, único que vestia estola sacerdotal. Foi o apito que faltava para a matilha partir pra cima do candidato que, em pânico, buscou proteção de militantes que o acompanhava. Faltou muito pouco para ser linchado.

Ainda no mesmo dia, poucos minutos após os dois primeiros incidentes, outro encontro que terminou em tragédia eleitoral. A primeira-dama do governo socialista se reuniu em hotel de luxo para um chá da tarde com mulheres cristãs. Animada com o que leu na Cartilha, que muitas das famílias no

Brasil são lideradas por mulheres negras, cristãs, e das periferias; que a própria Declaração Universal dos Direitos Humanos fora inspirada na Bíblia, se dirigiu à plateia:

Irmãs, vivemos um momento maravilhoso para nós mulheres. Finalmente, somos as únicas donas de nossos corpos, conquistamos nossa autonomia. Lugar de mulher é onde ela quiser estar. Os dias de (abre aspas) o teu desejo será para o teu marido (fecha aspas) ficaram no passado. Vão em frente, guerreiras, e tenham voz ativa nas igrejas, tomem de assalto os púlpitos! Terminou com braço direito erguido, punho cerrado.

Sai fora, feminista peluda!

Fique você sabendo que nós amamos nossos maridos, admiramos nossos pastores. Esse seu tipinho a gente conhece muito bem: não consegue arranjar homem e tem inveja de quem casou de branco na igreja.

Cai fora, vadia comunista!

Aturdida, a refinada primeira-dama deixou apressadamente o salão do hotel enquanto varoas gritavam sem parar: *Xô, vadia! Xô, piranha!*

Os três fiascos geraram trovões e tempestades no *metaverso*, ficando nos *trending topics* por semanas, sendo determinantes para a acachapante vitória eleitoral do candidato de oposição Ammom Etchegoia, pai de Abraão.

Quando a maré virou e socialistas, comunistas e anarquistas passaram a ser minoria dentro de uma maioria cristã, os especialistas começaram a prestar seus serviços ao Oikos. Já não eram "especialistas em cristãos", mas "especialistas em pagãos" em razão da experiência acumulada durante anos de trabalho com governos de esquerda. Entretanto, somente no governo de Abraão Etchegoia é que o cargo de Mediador seria oficialmente criado.

Toda comunicação, nas raras negociações do Oikos com as minorias, com setores menos "radicalizados", passou a ser feita exclusivamente pelos Mediadores, únicos que mantiveram *status* e privilégios após a mudança de regime.

Nas entranhas, em seu funcionamento e estrutura, o novo regime lembra uma igreja, onde se acredita existir o padrão-ouro de governo, a forma perfeita de distribuição de poder e delegação de autoridade, o Sacerdócio Hierárquico: *o poder da Igreja descendo diretamente do próprio Cristo, para a congregação, da congregação concentrando nos ministros, e por eles sendo administrado aos irmãos*, descrição consagrada pelo teólogo, ideólogo, pastor e marqueteiro Cornélius.

A tradicional estrutura de ministérios fora substituída por departamentos: *Infantil*, para cuidar das "nossas crianças", protegendo-as da ideologia de gênero; de *Jovens e Adolescentes*, para livrar "nossos jovens em formação" de toda sorte de perversão, como o marxismo cultural e feminismos; de *Mulheres*, para ensinar "nossas donzelas" a serem recatadas e do lar, submissas aos seus Pigmaliões; de *Homens*, responsável por ações afirmativas e de promoção da "verdadeira masculinidade", viril, agressiva como um javali, para que saibam proteger suas Galateias e toda a prole dos inimigos da Família.

O antiquado Ministério das Relações Exteriores, substituído por moderno Departamento de Missões Internacionais, com agências missionárias espalhadas pelos países, cada uma composta por um *Embaixador de Cristo* e um *staff* de missionários e evangelistas. A doutrina diplomática do Oikos em questões de política externa se resume a uma única diretiva: acompanhar "a maior democracia cristã do planeta", os EUA, em todos os seus posicionamentos e resoluções. Burocratas da Casa Branca despacham de seus gabinetes no segundo piso do Palácio do Planalto: o Oikos não decide nada sem o aval deles.

Evidentemente que a ideia de um Oikos, *Casa Comum*, não partiu do presidente Abraão Etchegoia, um magnata tosco e oportunista. Veio do mentor intelectual e espiritual Cornelius Goebbels, como ficou conhecido Cornélio Gueiros, um autodidata recalcado, de criatividade e sagacidade incomuns, que tentara várias vezes, sem sucesso, ingressar na antiga universidade pública.

Após frustradas tentativas de entrar para a universidade, Cornelius resolve apostar numa formação religiosa. Escolhe um seminário "linha dura" na cidade do Recife, conhecido pelo fundamentalismo doutrinário de seu corpo docente e pela defesa do rigor ascético como passaporte para uma vida pura e consagrada a Deus.

Cornelius se deparou pela primeira vez com a palavra Oikos numa aula de Grego do Novo Testamento. Logo percebeu suas muitas vantagens em relação à "Pólis" da corrompida Ciência Política, formada pela família em sentido amplo, para além do nuclear, pressupondo maior diversidade – étnica, política, cultural e religiosa –, o que, em sua opinião, a tornava inadequada para a promoção da coesão e estabilidade sociais. A beleza e a potência do Oikos, ao contrário, residiam justamente na homogeneidade pressuposta e requerida de seus membros; na força dos laços familiares no seu interior.

A Pólis dispersa, o Oikos une. Da Pólis nasce o caos, a bagunça, do Oikos, a ordem, concluíra o seminarista Cornelius.

Governar, de verdade, será sempre um sonho inalcançável no caos de sociedades liberais, secularizadas e descontroladas como a que temos hoje, graças a séculos de má influência da ideologia esquerdista; da maldita Revolução Francesa. Ficar o tempo todo reivindicando direitos, falando de classes e lutas sociais; essa coisa de "minha identidade", de minorias cheias de coitadismo, todo esse falatório só nos divide. Argumentou Cornelius em seu primeiro encontro com o candidato a presidente da República Abraão Etchegoia.

Governos sólidos precisam de estabilidade social e esta somente virá quando TODOS estiverem pensando e sentindo no mesmo diapasão.

Abraão se empolgava à medida que Cornelius descortinava suas teorias, sua intuição política.

Quando foi que os brasileiros estiveram mais unidos, mais irmanados?

No período da Revolução Gloriosa. Abraão, dando a resposta contida na própria pergunta.

Bingo!, fingiu entusiasmo. *Noventa milhões em ação... Lembra?*

Pra frente Brasil, do meu coração... Cantaram juntos *Pra frente Brasil*, música de Miguel Gustavo que embalou a campanha da seleção brasileira de futebol na Copa do Mundo de 1970, em plena ditadura, quando o Brasil se consagrou tricampeão mundial.

Quando chegaram ao trecho que dizia "*de repente é aquela corrente pra frente, parece que todo o Brasil deu a mão! Todos ligados na mesma emoção, tudo é um só coração*", cantaram tão alto que a secretária do gabinete entrou assustada na sala.

Está tudo bem, doutor Etchegoia? Ignoraram a secretária e sua pergunta, seguindo cantando, agora de pé, gesticulando com as mãos, como maestros. A jovem secretária deu de ombros, concluindo se tratar do ensaio de novo *jingle* para a campanha do candidato.

Ekklesia

Os Abubakir eram comerciantes. O Sr. Carlos Abubakir, pai de Madalena, começou a trabalhar aos quinze anos numa mercearia de um tio, que ficava na Rua do Tabuão. A Sra. Amélia Abubakir, dona de casa e costureira, confeccionava roupas infantis que eram vendidas na mercearia em dias úteis e, aos finais de semana, na Feira das Sete Portas.

As limitações financeiras nunca impediram que os Abubakir dessem uma boa educação para a pequena Madalena, a mais velha de três filhos do casal. Enquanto moravam na Avenida Margarida, conjunto de modestas casas no bairro de Nazaré, estudou dos cinco aos dez anos na Escola Municipal Maria Quitéria. Odiava ter que subir, no calor infernal de Salvador, a "imensa" Ladeira dos Galés até a escola que ficava no seu ponto mais elevado.

Galés é "trabalho forçado". Era como se sentia Madalena, forçada: a levantar às 6:00 da madrugada, a vestir aquele uniforme ridículo – camisa branca feita de um linho grosseiro que pinicava a pele, saia azul-marinho de Tergal –, prender o cabelo com um laço cor-de-rosa, tão bem amarrado pela mãe que lhe causava dores de cabeça. Sem falar na montanha de tarefas escolares, repetitivas e enfadonhas.

Atingidos em cheio pela carestia, os Abubakir já não conseguiam arcar com o custo do aluguel; tiveram que se mudar para o bairro de Mussurunga, mais longe do Centro. Foi nessa época que Madalena ingressou no tradicional Colégio Central da Bahia, fundado em 1837, para cursar o ensino médio. No seu primeiro ano no Central, conheceu Ivan. Eram de turmas distintas, mas frequentavam o Grêmio Estudantil. Apesar de distante da nova moradia, o Central ficava convenientemente localizado próximo à Estação da Lapa, facilitando o acesso por metrô.

Sobre o Central, basta dizer que por ali passaram baianos ilustres, entre eles, Glauber Rocha, cineasta e criador do movimento de vanguarda Cinema Novo; Calazans Neto, artista multitalentoso; Carlos Marighella, político, escritor, um dos principais organizadores da luta armada contra a ditadura civil-militar, o inesquecível Raul Seixas.

De origem islâmica como o marido, a Sra. Amélia Abubakir se convertera à religião cristã. Na ocasião, Madalena tinha oito anos e já acompanhava a mãe à igreja. Aos 19, adota a fé da Sra. Amélia. O Sr. Carlos não era um homem de fortes convicções, sobretudo as religiosas, visitando a Igreja do Coração Reciclado apenas nas datas comemorativas da Páscoa e do Natal, depois de ceder aos insistentes apelos da esposa e da filha mais velha.

Agraciada com os dons da beleza, simpatia e aguçada inteligência, não demorou muito para que Madalena fosse cortejada e assediada pelos rapazes, na universidade e na igreja. Os pretendentes, contudo, achava-os desinteressantes demais para merecerem sua atenção devotada. Com os crentes, corria o risco de terminar como Raquel, vendida ao *seu* marido Jacó por quatorze anos de trabalho duro. Com os agnósticos da universidade, o destino poderia envolver tornar-se o objeto de disputas selvagens entre machos alfa, a próxima vulva empalhada na parede da sala dos troféus.

Em meio a futuros amorosos pouco promissores, dedicou-se quase que inteiramente aos estudos, logo se aprofundando nas doutrinas cristãs. Em um só ano, chegou a ler de capa a capa Confissões e A Cidade de Deus, de Santo Agostinho, O Peregrino, de John Bunyan, as Institutas, de João Calvino e biografias de Lutero e John Wesley. Sua dedicação aos saberes religiosos e engajamento nas atividades da igreja não passariam despercebidos, sendo convidada a dar aulas de iniciação à Bíblia para os recém-convertidos.

Os amores efêmeros se empilhavam, entre eles, Ivan. Foi no carnaval de 2027, aos dezoito anos, época do Colégio Central, antes de sua metanoia espiritual, que Madalena viveu seu sonho de verão até as primeiras horas da quarta-feira de cinzas. O governo de Ammom Etchegoia proibira as festividades de carnaval no Centro de Salvador e no circuito que vai da Barra até o bairro de Ondina, que passariam a ser palco para um chatíssimo desfile de corais de igrejas durante o período do *Heaven Fest*, como passou a se chamar as festividades no mês de fevereiro. Na região da Cidade Baixa, contudo, o tradicional carnaval ainda pulsava com toda sua alegria e força populares.

O ponto alto do carnaval acontecia nas regiões do Bomfim e de Mont Serrat. Na Ponta do Humaitá, onde ficam a Igreja e Mosteiro de Nossa Senhora do Monte Serrat e o Forte de Monte Serrat, se concentravam blocos e trios elétricos. O mágico pôr do sol no Humaitá era o momento mais aguardado do dia.

Um registro, o mais vívido e pormenorizado, daquele encontro ficou no diário de Ivan, que Dona Elvira entregara a Madalena:

No auge dos festejos, no domingo, encontrei com Madalena na Ponta de Humaitá. Estava deslumbrante, vestida de baiana com tecidos de renda, grandes brincos dourados, colares coloridos feitos de coquinhos de licuri. Olhos sombreados, cabelos cuidadosamente cacheados, boca pulsando em vermelho-amora; tudo concorria para formar algo como a combinação de Iracema, Capitu e Gabriela, amálgama do celestial com o infernal.

Diferente dos dias anteriores, Madalena não desviava o olhar quando nos entreolhávamos; já não evitava o toque. Nos primeiros dias de folia, se mostrava evasiva todo tempo, até hesitava na hora de cair na gandaia, mesmo quando os trios elétricos tocavam seus hits preferidos, algo incomum se tratando de Madalena Abubakir.

Perdera a conta do tanto que abdiquei de viver, travado nas hesitações. Não queria que Madalena experimentasse o gosto amargo de deixar os melhores momentos da vida escorrerem pelos dedos. No sábado à noite peguei o computador, escrevi de improviso alguma coisa, colocando numa mensagem de texto para ela:

Lanço-me.
Ontem, hoje e amanhã, tudo indica.
Lance de teimosia,
Em apostas sem futuro.
Átomo aflito no frio das ausências,
Atabalhoado, busco colisões, ligações.
Campos de força que se tocam,
Pele com pele,
Pelo com pelo.
Pequenos abalos.
Duros, não rachamos, não trincamos.
As rachaduras por onde o verme do afeto penetraria,

Rompendo defesas imunológicas,
Que nos mantém sãos, sóbrios, preservados e infelizes.
Te quero como uma festa inflamatória,
A bagunçar-nos,
Nós, essa coisa certinha,
Comedida de dar nos nervos.
Seres blasés não ferem, indiferem.
Imunos.
Mas da ciranda da vida ninguém fica imune,
Ninguém sai impune.
A febre vai alta,
Deliro.
Sustento as esquivas,
Transgrido as equidistâncias.
Emudeces,
Negando-me tudo sem nada precisar negar.
[...]
Não, não dessa vez,
Não desse jeito.
Não recuo,
Lanço-me.
In-mundo-me.

Naquele domingo de carnaval, porém, com pupilas dilatadas, seu olhar penetrava fundo, como uma tigresa devorando sua presa por antecipação. Foi minha vez de vacilar. As mãos pingavam suor. Quis desviar o olhar, mas criei coragem e me deixei levar sem reservas por seu comando afrodisíaco.

A bola de fogo dava seus últimos suspiros no horizonte da Baía quando a tomei pela mão. Nos dirigimos ao Mosteiro, prédio anexo à igreja. Os monges e os padres, evitando a festa profana, estavam todos em turnê ao Vaticano. Somente Antônio, um amigo de infância, jovem aspirante à batina, cuidava da construção. Nas minhas confissões com ele, o assunto "Madalena" sempre esteve presente. Acho que por isso nos deixou entrar no Mosteiro sem arguições, indicando as escadas que davam acesso aos cômodos dos monges no andar superior. Deixamos os sapatos junto à pesada porta de madeira; subimos descalços os degraus de pedras frias.

Um passo em falso agora e boto tudo a perder. Carrego ela pela mão? Melhor deixá-la à vontade. De dedo mindinho... Isso. É... Ela gostou. Cadê a bala de menta? Diabos! Acho que chupei a última. Meu queixo tá tremendo. Vou deixar ela ir um pouco na frente. Que mulher! Nem tô acreditando. Fala alguma coisa! Não, ela tá curtindo o silêncio. É sensual. Tá me puxando... Tá muito a fim. Nada pode dar errado. Que barulho foi esse? Tomara que não apareça nenhum padre, nenhuma madre. Seria o fim. Ufa, é um gato. Concentra, concentra nela. Vou dar um cheiro no pescoço. Ai, errei. Andou bem na hora. Merda! Que ridículo. Respira...

Encontramos um quarto simples, bem-arrumado, com piso de cimento vermelho, uma cama de solteiro, discreta escrivaninha e um pequeno guarda-roupas, tudo em madeira crua. Esse monge beneditino deve ser franciscano de convicção, pensei. Havia uma janela que dava para a Baia de Todos os Santos, de onde penetrava a luz tímida e prateada de uma lua cheia em ascensão. Na parede, atrás da cabeceira da cama, uma grande pintura cercada por moldura escura com o retrato do taciturno Santo Padre. Viramos a arte sacra para a parede, evitando constrangimento de ambos.

De pé ao lado da cama, Madalena tomou a iniciativa e, vagarosamente, me despiu. Sem tirar meus olhos do dela, a despi: primeiro o cropped, depois a saia rendada e a calcinha. Fiquei ali, sem ação, imóvel por alguns segundos diante da deusa. Uma brisa de maresia entrou pela janela, fazendo seus pelos dourados se erguerem, iluminados sob os raios lunares, os mamilos se ouriçarem, ganhando contornos bem definidos. Nos abraçamos, nos tocamos. Um beijo sem pressa, molhado, macio, enquanto segurava sua cabeça, que se inclinou discretamente. Deitamos. Os toques se tornaram mais demorados, mais curiosos. Os corpos se chegavam e se afastavam, numa coreografia instintiva. Sua respiração levemente adocicada perfumava o ar. Ascendíamos. Seus dedos finos apertavam minhas costas com violência quando o sino da Igreja soou junto com nossos espasmos líricos, produzindo o mais celestial dos cantos pagãos.

Tempos depois, batizamos a singular musicalidade daquele momento de Canto Betoniano, em referência ao padre Roberto Francisco Daniel, o Padre Beto, nascido na cidade de Bauru, excomungado pela Igreja Católica por defender o sexo por prazer. Qualquer experiência sonora onde houvesse mixagem de emissões de prazer junto a melodias litúrgicas – badaladas de sino, som de órgãos de tubo ou mesmo coral de vozes sacras – seria um canto betoniano.

O som do sino nos fez sair do transe; nos demos conta que estávamos chorando, o que nos fez rir enquanto enxugávamos as lágrimas um do outro. Caímos na gargalhada. Foi quando escutamos a voz aflita e penitente de Antônio vinda da sacristia: Silêncio! Que Deus nos perdoe...

Sempre quis saber porque Madalena chorava naquele momento; nunca tive coragem de perguntar. Gosto de pensar que meu choro e o dela tenham a mesma explicação: um efeito da potente sincronicidade dos momentos, do ato em apogeu e da beleza e energia das badaladas do maciço. No meu caso, soma-se à sincro-

nicidade o raro momento de verdadeiro e intenso prazer, um doce conventual nessa minha vida de merda.

No final, ainda despidos, discutíamos se a madeira do lastro da cama beneditina era de pau-brasil, acácia ou Jequitibá, enquanto massageava seus pés, em frangalhos de tanto pular na avenida.

Madalena estava tão exultante com toda energia carnavalesca que até escreveu sua "Ode ao carnaval":

Abram alas, minha gente, para o mundo em ponta-cabeça!

A lida. O patrão, o salário, a hora de entrar e de sair, tudo isso caiu no esquecimento. É carnaval!

Sou Rainha e você, Rei. Os que reinavam sobre nós até a sexta-feira, até o primeiro folião se lançar na avenida, comem o pão que o diabo amassou. Tem olhos esbugalhados, nariz de pateta, na careta da criança. É carnaval!

Botamos o padre pra correr, que na correria deixou cair a batina, que virou nossa mortalha.

As devotas de vida casta dão duas voltas nos ferrolhos culpados. Cruz, credo!

Na notícia de capa do jornal popular, feito de irreverência e de papel higiênico de segunda mão, a Constituição carnavalesca, de artigo único e pétreo: nenhum mestre! Nenhum senhor!

Ninguém tem os pés no chão. Rimos da nossa má sorte. Ri-se de tudo e de todos, a todo tempo. Ai minha dor, ai meu amor, que não me quer! Ai minha desventura, ai que pindura!

Vão se danar, carolas do mundo! É carnaval!

Eu me perco, me dissolvo na multidão. Sem origem, sem destino, nem amanhã. Eu sou corpo e todo corpo é belo e são, é vibração. Às favas com o chato do metafísico!

É carnaval na Bahia! Terra do branco mulato, terra do preto doutor. No mundo inteiro, se brinca sem dinheiro.

Ai, Tapajós! Vem me arrastar! Poeira, fumaça, raios, trovões no fuzuê dessa dança infernal. Ai, Saborosa! Ai, já treme tudo! Pula, brinca, sacode. Ai! Ei! Oi! Oi!...

Anos depois, Ivan tentou se reaproximar de Madalena. Aos seus olhos de cristã fervorosa, contudo, foi reduzido a mero "jugo desigual". Nenhum sentimento importava mais, obedecer ao mandamento de Deus era tudo que Madalena desejava e isso implicava afastar-se de qualquer relacionamento com incrédulos.

Foi como se da dura realidade das coisas que os separavam, coisas da religião, soprasse uma tempestade invencível. Anjo caído, Ivan não conseguia fechar as asas, que abrira para acolher Madalena. Por mais que tentasse se aproximar, a tempestade o arrastava para longe.

O fato é que Madalena entrara para a "lei dos crentes" e nunca se sentira mais plena, evidente no jeito que passou a lidar com as coisas. Tudo estava pleno de sentidos, cada momento, cada acontecimento, fazia parte de um plano divino maior para sua vida. Até mesmo os incidentes, os acidentes que por vezes pressionavam a fé, eram peças que se encaixariam, no devido tempo, no quebra-cabeça da Economia Divina.

Madalena, contudo, baiana, melhor, soteropolitana, traz consigo a marca de ser religiosa e, ao mesmo tempo, visceralmente anticlerical. Nunca lidou bem com hierarquias e figuras de autoridade. Tinha pouca paciência com falas e posturas machistas de alguns de seus líderes religiosos. A própria palavra "líder" doía-lhe os ouvidos, como uma insuportável microfonia no meio de uma apresentação do cantor João Gilberto.

Foi o escritor Jorge Amado quem melhor expressou essa característica dos baianos e das baianas: *A Bahia recorda a Vascôncia, na Espanha, com seu povo religioso e anticlerical. Ou os mexicanos que, nas revoluções de Zapata e Pancho Villa, fuzilavam os padres aos gritos de "Viva Nossa Senhora de Guadalupe".*[5]

Nada a ver com soteropolitanismo, retrucava, tempos depois, mas com o *legado dos meus ancestrais, os Malês.*

É que entre os membros da família Abubakir sempre circulou uma mal contada história de que descendiam de um africano Nagô escravizado, que teria participado da Revolta dos Malês de 1835 em Salvador. Não havia, contudo, nenhum registro histórico que pudesse dar a mínima credibilidade àquela "conversa de vó", vaga e com muitas pontas soltas. Por isso mesmo Madalena nunca dera importância.

Até a inesperada viagem para Boston.

Quando estava no terceiro ano do curso de Direito Madalena recebeu uma ajuda financeira para participar de um curso de verão na *Harvard Law School*, nos Estados Unidos. Um prêmio pelo seu excelente desempenho.

Num dia de folga em Boston, um dos passeios incluiu a visita ao Peabody Museum. Algo incrível aconteceu naquela tarde. Os visitantes tiveram acesso a um dos itens da coleção: o crânio de um homem africano não identificado, de origem Nagô, que teria participado do levante dos Malês na Cidade da Bahia, como era conhecida a atual Salvador. A ficha de identificação da peça dizia que o crânio teria sido enviado por Gideon T. Snow, um cidadão norte-americano que morou no Brasil no final do século XIX, para um tal de J. C. Hayward em Boston, que o doou

---

5 Jorge Amado, Bahia de todos-os-santos: guia de ruas e mistérios. São Paulo: Companhia das Letras, 2012, p. 25.

para a coleção do Boston Society for Medical Improvement, antes de 1847. Acredita-se que o escravizado foi ferido durante combate e levado ao "Jerusalem Hospital", provável referência ao antigo Hospício da Santa Casa de Jerusalém, local onde hoje está a Igreja Sagrado Coração de Maria em Salvador.

A história no Peabody Museum acertou Madalena em cheio. Não conseguia parar de pensar naquele escravizado Nagô e nas histórias de ancestralidade que a avó contava enquanto fazia tranças no seu cabelo.

Jéssica, uma de suas colegas no curso de verão, brasileira que estudava medicina forense numa universidade em Londres, foi a única autorizada a tocar no crânio, depois de calçar um par de luvas brancas, como as que são usadas em centros cirúrgicos. Foi quando Madalena teve a ideia de conseguir algum material genético do africano escravizado, tramando fazer um teste de DNA. O grupo de visitantes estava uns dez metros à frente. Aproveitando-se disso, foi rapidamente até a lixeira e resgatou uma das luvas que Jéssica havia descartado após o uso.

De volta ao Brasil, Madalena procurou um laboratório e encomendou o teste de ancestralidade a partir do material genético presente na luva e em sua saliva. O resultado indicou que 92% da sua genética vem da África Ocidental, da região da atual Benim, de onde se originam os Nagôs. Depois disso Madalena assumira com orgulho sua descendência dos insubmissos malês, aqueles que preferiram se rebelar a aceitar passivamente o Tacão de Ferro dos senhores de escravos e a imposição da fé católica.

A "genética" da insubmissão, herdada dos ancestrais, era uma fera hibernando dentro de suas entranhas, que haveria de despertar anos mais tarde. Por enquanto, seu mundo em preto e branco, com formas simples, retilíneas, bidimensionais, era habitado por cristãos e pagãos, anjos e demônios, puros e impuros, boas pessoas, pessoas ruins, como no mundo dos amigos de Jó.[6]

6 No Antigo Testamento, Elifaz, Bildade, Zofar e Eliú, amigos de Jó, exprimem visão superficial e dualista da realidade, alimentada por uma Teologia Retributiva.

Woke

Acostumada a se lançar de corpo e alma nos acalorados debates que aconteciam no Grêmio Estudantil, depois de convertida, Madalena chegava às reuniões como o Sir. Thomas Jefferson Bowen pisando pela primeira vez nas areias brancas da costa nigeriana, ou como o Rev. Nathan Price[7] ao chegar em Kilanga, no Congo, trazendo na mochila a "civilização" e a Palavra de Deus para a conversão dos selvagens. Todos notaram a mudança. Suas passagens pelo Grêmio se tornaram visitas de conveniência, um pretexto para falar sobre perdição, salvação e distribuir aqueles livrinhos de bolso de capa azul dos Gideões Internacionais, com o Novo Testamento, os Salmos e os Provérbios.

No verão, a turma de amigos do Central costumava matar parte das aulas para dar um mergulho nas águas mornas e tranquilas do Porto da Barra ou para jogar conversa fora na zona boêmia da Mouraria. Esse foi um dos poucos costumes pagãos que a crente Madalena ainda conservava. Num desses dias, saíram pra *comer água* no Boteco do Bigú, Rua da Mouraria. Depois de futebol e Política, a conversa descambou, como de costume, para religião.

7 Barbara Kingsolver, The Poisonwood Bible. New York: HaperCollind, 1999.

Madalena, você que agora tem acesso direto ao Homem-lá-de-cima, me diz: por que coisas ruins acontecem com pessoas boas? Provocou Guilherme, empurrando goela abaixo a última lambreta da panela.

Por causa do pecado, Madalena, sem pestanejar, o que nos pareceu surpreendente que alguém tivesse resposta tão obscura e econômica para o enigma que angustiou os espíritos mais brilhantes e sensíveis, por séculos, abarrotando bibliotecas com tratados de múltiplos volumes.

Mas vem cá, se Deus é Amor e é Todo-poderoso, como vocês cristãos dizem, por que permite que um tsunami arraste milhares para morte ou que uma mãe tenha que enterrar sua criança, atingida por uma bala perdida? Por um carro desgovernado? Ivan, jogando mais lenha na fogueira.

Deus tem os seus desígnios, quem somos nós para querer conhecê-los, Madalena, impaciente.

Ao apelar para os desígnios de Deus vis-à-vis a ignorância humana, preferiram deixar de lado a religião. Terminaram de beber as últimas cervejas, Madalena concluiu sua Coca-Cola, se despediram.

Ano de 2030. A fera despertou e a lua de mel de Madalena com o universo cristão começava a sofrer abalos decisivos. Num culto de domingo a mensagem, intitulada "Fidelidade do Cristão", tratava sobre Moisés, aquele que liderou a saída do povo judeu da opressão de Faraó no Egito rumo à Terra Prometida. Sentada na terceira fila de bancos do templo, Madalena prestava atenção em cada palavra, em cada gesto do pregador.

Na história bíblica, Moisés, atendendo ao chamado divino, subira o Monte Sinai para receber as tábuas da Lei com os Dez Mandamentos. Na sua ausência, Arão fora encarregado de liderar o povo.

Mas Arão, o imediato de Moisés, se mostrou um líder fraco, um líder facilmente influenciável pela opinião da maioria, dizia o pregador. *Ouçam bem o que estou falando. Porque o que eu estou dizendo aqui é absolutamente contra a lei da democracia. A liderança que um homem recebe da parte de Deus não pode ser submetida à voz de todo mundo. Porquanto a voz do povo... Vamos lá, meus irmãos! A voz do povo... Não é... A voz de Deus!*

Ô glória!, ecoou no templo.

Será que você está consciente disso, ou não? Será que isso está claro dentro de sua mente, ou não? Arão se mostra esse líder fraco, influenciável, e consente que seja construído um bezerro de ouro, retomou o pregador.

Madalena, de si para si, em incômodo crescente, *Como assim um líder não pode ser influenciado? Um que se recuse a escutar terminará, inevitavelmente, como déspota.*

O pregador: *Eles se inclinaram diante daquele objeto, aquele objeto que é a conclusão da democracia momentânea; eles se inclinam diante daquele bezerro que eles construíram, e atribuem àquele objeto o poder que deveria ser atribuído apenas a Deus.*

Madalena quase levantou a mão para pedir a palavra, mas se conteve. *Pastor, você está dizendo que Deus é contra a ideia de democracia, que a democracia é perigosa, ruim?*, queria perguntar.

O pregador, que estava no topo da cadeia clerical, passou a falar sobre delegação de autoridade, a enfatizar que líderes precisam de outros líderes.

Essa é a principal razão pela qual eu, aqui na igreja, digo sempre que não aceito que líderes falem de líderes, porque se assim fazem, estão minando a base da confiança de toda a organização.

O que ele está dizendo?!... Os líderes da Igreja estão acima de qualquer crítica? Onde fica a nossa liberdade de expressão, o contraditório? Isso é um absurdo!, cochichou com sua melhor amiga Camila, amuada na cadeira ao lado.

As beatas à frente escutaram o cochicho, que na boca de uma jovem soara ainda mais petulante. Voltaram-se para trás, lançando olhares de reprovação. Reparou Camila que outros jovens também cochichavam, criando um leve, embora perceptível, mal-estar no ambiente.

Camila, garota tímida de olhos repuxados, tez branca, cabelos pretos, extremamente lisos, tem uma capacidade extraordinária de observação, que se completa com o dom de perceber mudanças de comportamento e de humor, em pessoas e animais. Essa habilidade lhe rendeu a antipatia de alguns.

Camila se apaixonou perdidamente por João Camilo, um DJ tagarela, porra-louca que trabalhava com sonorização de festas. Um cientista do som, sempre experimentando novos instrumentos acústicos, tirando sons exóticos de objetos improváveis, Camilo vestia um avental branco, fechava-se no seu estúdio-laboratório, um quarto de vinte metros quadrados no segundo andar do sobrado onde morava no bairro do Rio Vermelho. O local estava apinhado de tralhas que recolhia da rua, além de uma mesa de som, vários amplificadores, *mixers*, equalizadores, microfones, instrumentos de sopro e de percussão.

Camila não se incomodava, até gostava, da porra-louquice, mas não lhe agradava nada o "*love bombing*" do namorado, com demonstrações exageradas que beiravam a vulgaridade. Percebendo o desagrado, a repulsa nos olhares, nas esquivas da namorada, Camilo passou a carregar ressentimentos. Não era dado às letras, no entanto recorreu a elas em desabafo:

No rosto, 300 mil poros.
No cérebro, 25 bilhões de neurônios.
Nos pulmões entram cerca de 17.000 litros de ar por dia, uma atmosfera.
220 bilhões de células.
Na pele, uma cusparada de 2 milhões de glândulas sudoríparas.
No corpo, um arrepio de 5 milhões de pelos.
No olho, imagens de 341.5 megapixels.
E, todavia, me queres comedido.
Pede-me um amor bem-comportado, apresentável, em pequena escala...
Que não sei te dar.

João Camilo, em meio a dúvidas, enviou o texto para Camila. *E se ela não gostar? E se achar piegas, exagerado?* Os dias se arrastavam, cada um no seu canto. De repente Camila apareceu no estúdio. *Veio me dizer que a vida dela só tem sentido ao meu lado.* Ele a observava, esperançoso.

Precisamos conversar... Já faz um tempo que as coisas não estão bem entre nós, abanando com a mão a fumaça do incenso misturado com aroma adocicado de *cookies* de maconha.

Percebendo a impaciência na voz de Camila, fingiu distração.

Ahã... Manipulou botões da mesa de som, ajustando a melodia da próxima experiência betoniana.

Você não está me ouvindo de verdade. Você se afastou, Camilo. Parece que não se importa mais comigo.

Aumentou o volume da música, criando uma atmosfera levemente caótica no estúdio. *Para de ser dramática! Você sabe que eu te amo! Só um pouco estressado com o trabalho.*

Não é só isso. Você me sufoca com essas demonstrações exageradas... Me exibe como um troféu, me enche de presentes, mas não me dá o que eu realmente preciso: compreensão, um pouco de liberdade.

Camilo interrompeu bruscamente a música, se voltou para ela com olhar ferido. *Você acha que eu faço isso por mal? Eu te amo, caramba! Quero te dar o mundo!*, aproximando-se e a envolvendo num abraço apertado.

Camila, se afastando com dificuldade: *Eu sei... Mas esse não é o tipo de amor que eu quero. Preciso respirar, ter meu espaço. Não sou sua propriedade!*

É isso que você pensa de mim? Que te vejo como um objeto? A voz pareceu um rosnado.

Não sei mais. Você me confunde... Acho que estamos em momentos diferentes da vida. Você quer algo que não posso te dar.

Se afastando, Camilo foi até a janela. Acendeu um cigarro: *Então é isso? Acabou?* A voz agora é um murmúrio.

Acho que sim. É melhor para nós dois, sacramentou, com tristeza e algum alívio.

A má sorte de João Camilo não ficou restrita ao amor. Poucos dias depois que se mudou para a atual moradia, começaram as obras para construção de um novo templo da Igreja Universal do Reduto de Deus, bem no terreno ao lado. Mais oito meses e a igreja estava em plena atividade, com muita gritaria, percussão e microfonias. Camilo já vinha experimentando novos cantos betonianos. Criou um grande acervo de emissões de prazer, algumas recolhidas de experiências em primeira mão; a maioria encontrada em filmes brasileiros e estrangeiros. Mixava as emissões libidinosas com todo tipo de som litúrgico – ave Marias, réquiens, badalar de sinos, de imponentes catedrais e de singelas capelas de cidadezinhas do interior, sons de arpas e os indispensáveis acordes de órgãos de tubo. Como vingança por todos os dias em que seu direito ao descanso fora desrespeitado pelo som alto dos cultos, botava pra quebrar nos cantos betonianos, sempre no horário das celebrações, no máximo volume do seu *subwoofer* Mamute apontado para o prédio da igreja.

Nenhum fiel conseguia manter a contrição e o pensamento elevado. Quando os experimentos sonoros se traduziram em evasão de fiéis e queda vertiginosa na arrecadação, Camilo foi denunciado à Justiça Divina. Teve que enfrentar os "déspotas encarquilhados vestidos de palhaço", os juízes do Oikos.

Em contragolpe, Camilo decidiu resistir ao regime com o primeiro canto betoniano letrado, que logo seria alçado ao *status* de trilha sonora oficial, como um hino, do Oinos:

Primeira Estrofe: Órgão em prelúdio lento e solene, estabelecendo a atmosfera opressora. O coral entra com canto uníssono e formal. Em momentos inesperados, um breve suspiro, som abafado de prazer, quebrando a seriedade. A percussão quase inaudível, como pulsação reprimida.

Silentium noctis opprimit.
Libertas censura necat.
Voluptas sacra crimen sit.
Contra Oikon mens vibrat.[8]

---

8 O silêncio da noite oprime.
A liberdade é morta pela censura.
Que o prazer sagrado seja um crime.
Minha mente treme contra Oikos.

Segunda Estrofe: A intensidade aumenta gradualmente. A flauta introduz melodias mais expressivas e sinuosas. A percussão carnavalesca faz uma entrada mais marcada. O coral começa a incorporar harmonias mais abertas e, em pontos estratégicos, gemidos discretos e risos contidos. O som de sinos soa brevemente em um padrão irregular.

Corpora nostra non serviunt.
Desiderium flamma ardet.
Lex eorum vana perit.
Animus liber non tardat.[9]

Terceira Estrofe: O órgão atinge seu volume máximo, mas com harmonias que incorporam dissonâncias intencionais. O coral canta com força total, intercalando as frases em latim com exclamações de alegria, suspiros apaixonados. A percussão carnavalesca em pleno vigor, com ritmos contagiantes e sons mais "prazerosos". O som dos sinos se torna mais frequente e caótico, misturando-se com as vocalizações, culminando em um final que combina um acorde final dissonante do órgão com um toque forte de um sino e um último suspiro coletivo do coral.

Oinos novus spes datur.
Resistentia fortis crescit.
Contra umbra pugna fit.
Lux futura nos revisit.[10]

9 Nossos corpos não nos servem.
O desejo queima com uma chama.
A sua lei vã perece.
Uma mente livre não adia.

10 Oinos ganha uma nova esperança.
Uma forte resistência está crescendo.
Uma batalha é travada contra a sombra.
A luz do futuro nos revisita.

Voltando ao culto de Madalena, o pastor preparava o golpe de misericórdia: *Deus é impiedoso para com os rebeldes!* E para provar isso, contou sobre como Arão e Miriã, irmão e irmã de Moisés, promoveram uma rebelião contra o irmão mais velho, criticando sua liderança.

Dois líderes de confiança de Moisés, falam contra ele. A razão? Ele havia casado com uma mulher cuxita, uma mulher que era da região da Etiópia, que não era hebreia.

Falaram Miriã e Arão contra Moisés, por causa da mulher cuxita que tomara; pois tinha tomado a mulher cuxita. E disseram: "Porventura, tem falado o Senhor somente por Moisés?", Opa! "Não tem falado também por nós?", Opaa!

Deus castiga Miriã, diz a Bíblia, tornando-a leprosa.

"Como, pois, vocês não tiveram medo de falar contra o meu servo, contra Moisés?" Como é que vocês não tiveram medo?!, prosseguiu o pastor Ebenezer, o pregador daquela noite.

Caramba! Ele quer que os nossos líderes sejam respeitados pelo medo que devemos ter deles!, agitou-se Madalena. *Mas como, se o próprio apóstolo João, o chegado de Jesus, disse que "o perfeito amor lança fora o medo"?*

Uau!, - assustou-se Madalena – vibrou o pregador, dando pulinhos por trás do púlpito. *Eu fico pensando: por que Arão não ficou leproso? Eu disse a vocês que Arão era um líder. Um líder fraco. Então quem foi o mentor desse conluio? Quem foi?... Miriã! Por isso o Senhor a responsabiliza e diz para ela: você não deveria abrir a boca contra aquele que eu coloquei na liderança do meu povo.*

Madalena se levantou e saiu pisando forte pelo corredor central do templo, em direção à saída, chamando a atenção do pregador e de Dona Amélia, que ocupava um dos últimos lugares.

Dias e semanas se passaram. Madalena estava determinada a ter uma conversa cara a cara com o pastor, mas foi persuadida por alguns irmãos de fé a desistir do intento.

Se ligue! Não cabe a nós julgarmos nossos pastores. Eles receberam de Deus a missão de cuidar de nós, o rebanho, e terão que prestar contas a Ele. Não se mete nesse negócio, Madalena. Eles são os Ungidos do Senhor e a Bíblia nos adverte: "ai daquele que tocar num ungido do senhor!", argumentou Ashbel Simonton, que frequentava a igreja desde o ventre materno. Apelidado a contragosto de "Ash" pelos próprios irmãos, foi depois pelos companheiros do Oinos rebatizado de "A Fênix", porque ressurgira das cinzas da estupidez. Tinha braços e pernas desproporcionais ao tronco, sobrancelhas finas e curtas, bochechas sempre rosadas, razões para uma vergonha que o atormentava, fazendo-o evitar as garotas.

Ashbel foi um dos filhos das classes abastadas de Salvador que estudara história clandestinamente com Milton. Em uma sala de aula improvisada, iluminada precariamente, ainda cristão fervoroso, Ashbel absorvia com atenção e desconfiança as palavras de Milton.

Professor, eu compreendo os horrores da ditadura, a censura, a tortura... Mas o Oikos, com seus valores cristãos, não estaria nos protegendo de males maiores? O senhor não acha que a ordem e a moralidade são essenciais para uma sociedade justa?

Milton, olhando nos olhos de Ashbel, percebendo a sinceridade em suas palavras, respondeu com um leve sorriso: *Digamos que a ordem e a moralidade sejam importantes. Quem define o que é ordem? Quem dita a moral? No regime militar, a ordem era imposta pela força, pelo medo; dissidentes eram silenciados, torturados, desapareciam. Hoje vemos a mesma lógica se repetin-*

do, com o manto da religião. A fé, que deveria ser caminho de amor e compaixão, está sendo usada para justificar a intolerância e a perseguição.

Mas a Bíblia nos ensina a obedecer às autoridades...

Pode até ser, mas também nos convida à crítica, ao discernimento. Jesus questionou fariseus, denunciou a hipocrisia dos líderes religiosos. A fé cega, sem questionamento, pode nos levar a aceitar atrocidades em nome de Deus. É preciso ter cuidado para não usarmos a religião como instrumento de poder e controle.

As conversas se estenderam por semanas, Milton apresentando exemplos históricos, documentos, relatos de pessoas que sofreram sob diferentes regimes autoritários. Ashbel, reticente no início, começou a duvidar de suas certezas.

As palavras do professor ressoavam: *A história nos ensina que o silêncio, a omissão, podem ser tão perigosos quanto a violência explícita. Cabe a cada um de nós buscar a verdade, questionar, lutar por um mundo mais justo e humano, com ou sem fé.*

No Grêmio Estudantil do Colégio Central, era época de escolher a nova diretoria para o próximo ano. Alguns defendiam que somente os membros contribuintes poderiam votar e outros, como Madalena, entendiam ser mais democrático que todos, contribuintes ou não, tivessem o direito de escolher seus representantes. O grupo estava dividido. Não se chegou a consenso. Para resolver o impasse, os membros da atual diretoria anunciaram que a questão seria decidida monocraticamente por eles, os líderes.

De jeito nenhum! Belos democratas vocês são!... Igualdade, eleições diretas, já!, contestou exaltada.

Nosso estatuto diz que a atual diretoria é a única competente para decidir sobre questões relativas à forma de escolha da próxi-

ma diretoria. A lei está do nosso lado, já deliberamos e decidimos que somente os efetivos contribuintes poderão votar, retrucou Edgar, presidente do Grêmio, em tom de veredito.

Isso aqui é um teatro. Vocês querem se perpetuar nos cargos. Sabem que a maioria dos que se opõem à reeleição não tem condição financeira para arcar com a taxa de contribuição. Por isso tiram uma de legalistas. Hipócritas!

No final, muitos se acovardaram e a liderança do Grêmio ganhou no grito, garantindo a reeleição.

Mais tarde, Madalena reconheceria que aquele episódio a fez enxergar sua incoerência: uma fera com os oportunistas do Grêmio, cordeirinha com os déspotas da Igreja.

Chegou o ano de eleições para presidente da República. O candidato Abraão Etchegoia era o preferido da maioria de cristãos e judeus sionistas. Os marqueteiros de sua campanha recuperaram "Deus, Pátria e Família" e "Conhecereis a verdade e a verdade vos libertará", vitoriosos no passado.

Abraão incitava e excitava a massa de religiosos com um arsenal poderosíssimo: pânico moral, teorias da conspiração, anticomunismo, anti-intelectualismo. Tudo temperado com porções generosas de racismo, machismo, misoginia, xenofobia, aporofobia e do sionismo cristão. A bem da verdade, nada rigorosamente novo.

O verde e o amarelo, a bandeira e o hino nacionais, a camisa da seleção brasileira de futebol, a bandeira dos Estados Unidos e a da Grande Nação Sionista eram presença certa nas apoteóticas manifestações de rua em apoio ao candidato Etchegoia.

A consagração da esperteza de Cornelius Goebbels aconteceu quando propôs, na reta final da corrida eleitoral, um novo *slogan* para a campanha: "O Brasil será nosso Passo do Pastor!", referência à antiga cidade de Passo do Padre, no Rio Grande do Sul, rebatizada de Passo do Pastor. Os cristãos são maioria absoluta por lá, correspondendo a 95% da população. A cidade, que virou polo de peregrinação para cristãos, viu sua população pular dos míseros três mil habitantes em 2021 para as atuais trezentas mil almas, quase todas salvas da danação. A cada ano, cerca de cinco milhões de peregrinos visitam a Cidade Santa. Seus bairros receberam nomes de regiões da antiga Palestina, totalmente ocupada pelos judeus sionistas depois da limpeza étnica em 2026, levada a cabo com a ajuda dos Estados Unidos, que em contrapartida construiu sua Riviera mediterrânea na Faixa de Gaza: no local da Mesquita de Alhassina hoje existe uma unidade da rede *Trüpim International Resort.*

Jerusalém é o mais nobre bairro de Passo do Pastor, onde está concentrada a maior parte das igrejas. Tem também os bairros Judeia, Decápolis, Nazaré e, nos limites da cidade, o perigoso bairro da Galileia, onde vivem espremidos e vigiados os cinco por cento de pagãos que restaram, boa parte descendentes dos Tupi-Guarani, antigos donos daquelas terras antes da chegada dos colonos europeus.

Em 2018, quando os cristãos praticantes representavam apenas 30% da população brasileira, o apoiamento das igrejas ao candidato "contra a corrupção e antissistema" acontecia muitas vezes de forma velada. Agora, porém, com os cristãos correspondendo a 80% da população brasileira, os apoiamentos a Abraão Etchegoia eram explícitos e por vezes violentos, como seus discursos de palanque.

Sobre os líderes das igrejas veio o pavor de que os fiéis, rendidos às conveniências do *metaverso* virtual, perdessem de vez o interesse em frequentar os templos. Por isso investiram pesado em várias ações para estancar a sangria de fiéis.

Quando João, o apóstolo, escreve a sua epístola, ele diz: "eles estavam entre nós, mas não eram dos nossos, porque se fossem dos nossos permaneceriam entre nós, mas eles se foram para que ficasse claro que não eram dos nossos", assim abriu a homilia o pastor da Igreja do Coração Reciclado no culto transmitido ao vivo pela Internet.

Nem todas as pessoas que estão dentro da igreja tem, de verdade, um compromisso com a fé cristã. Nem todos são salvos de verdade. Quando chega um momento de provação, de luta, de dor, alguns abandonam a fé. A fé deles não os motivam a estar presentes na Igreja. Não olham para a Igreja como sua família, por isso se afastam durante esses períodos de facilidades tecnológicas.

Muitas pessoas estão pensando assim: "eu não preciso mais estar no meio de uma igreja; eu agora encontrei outras igrejas. Sim, agora eu posso ser membro virtual da igreja que eu mais gostei na minha vida". Mas... Lembre-se de uma coisa: a igreja virtual não vai durar muito tempo. Não alcançará a consistência da igreja local. Ela é como aquela semente que cai entre pedregulhos, que cresce rápido, mas não tem raiz, não tem profundidade. Desligou o microfone por alguns segundos, tomou o copo sobre o púlpito, deu um gole. Ligou novamente o microfone do computador, continuou.

Então, quando você precisar de alguém que literalmente coloque a mão sobre você, que abençoe você, que ore por você, o pastor virtual não fará isso. Não estará do seu lado. Aliás ele sequer saberá que você existe e praticamente nunca irá orar por você. O dia em que você perder um ente querido, um familiar, e você estiver ali no meio de sua dor, da saudade, o pastor virtual não virá abraçar você, não virá consolar você. Os membros da equipe de louvor dele não virão cantar pra você. Se você um dia estiver num hospital precisando de suporte, de apoio, o pastor virtual não vai saber disso.

Mas o que é isso?!, pinotou Madalena da sua cadeira *Gamer*. *Chantageando e ameaçando os irmãos, em nome de Deus!* Por sorte o microfone estava desligado, ninguém a ouviu.

Você escutou o que eu escutei? Digitou no *chat* com Camila.

Chocada, amiga! Chocada.

Daquele dia em diante, as inseparáveis amigas fizeram um pacto de nunca mais condescender com aquele ou qualquer outro tipo de abuso praticado em nome de Deus ou de quem quer que fosse.

À medida que o Oikos ganhava corpo e a repressão recrudescia, entre os inconformados de vários segmentos da sociedade, incluindo cristãos como Camila e Madalena, foi-se formando uma frente de resistência, antifascista, que seria conhecida como *Oinos*. Assim que souberam de sua existência, engrossaram suas fileiras.

Kyriarchia

Enquanto retirava livros da estante para encaixotá-los, veio às mãos de Madalena o exemplar de uma edição especial capa dura de "O Peregrino", de John Bunyan, trazendo memórias vivas de dois anos atrás, quando se envolvera na produção (não exatamente) de uma encenação teatral baseada na obra. Acariciando as páginas amareladas, se transportou...

Andando pelas regiões desertas deste mundo, achei-me num lugar onde havia uma caverna; ali me deitei para dormir e, dormindo, tive um sonho. Vi um homem vestido de trapos, de pé em determinado lugar, com o rosto voltado para o lado oposto da própria casa, um livro na mão e um grande fardo nas costas. Olhei e o vi abrir o livro, e lê-lo; e lendo, chorava e tremia, e já não se contendo, rebentou em um choro sentido, disse Nicolau, o narrador por detrás das cortinas, com voz de locutor de rádio.

Cai sobre Walace a intensa e redonda luz cênica.

Que devo fazer?, pergunta-se Walace, no papel de Cristão. *Minha querida esposa e filhos, estou muito preocupado em virtude de um fardo que me pesa muito; além disso, tenho uma informação segura de que Salvador, Cidade da Devassidão, será queimada com fogo do céu, em cuja terrível destruição eu, você, minha es-*

posa, e vocês, filhinhos amados, seremos destruídos, a não ser que haja uma maneira de escapar, pela qual nos libertemos.

A revelação deixou a mulher e os filhos surpresos e aflitos, não porque acreditassem que o que ele lhes dizia era verdade, mas porque achavam que alguma insensatez desvairada lhe confundia o pensamento, continuou o narrador, oculto nas trevas. *Os amigos de Cristão zombavam dele; às vezes o repreendiam; e às vezes simplesmente o ignoravam.*

Não pára, Nicolau, ainda é com você. Vai, segue!, interveio o pastor e *influencer* digital Ebenezer, experiente em espetáculos.

Surpreso, Nicolau vira rapidamente a página do *script* e retoma.

Vi também que Cristão olhava para um lado e para o outro, como se pretendesse correr, porém permanecia imóvel, pois não conseguia decidir que caminho tomar. Olhei então e vi um homem chamado Evangelista aproximar-se dele.

Mais um disco cênico sobre o palco.

Por que choras? Ubaldo, interpretando o Evangelista enquanto caminhava para o centro do tablado.

Senhor, percebo, por este livro que tenho nas mãos, que estou condenado a morrer e, depois, ir a julgamento. Não quero que a primeira coisa aconteça comigo agora, nem tampouco estou pronto para a segunda, voz de Walace (Cristão) ecoou novamente no salão da igreja, sob calculada penumbra.

Então Evangelista lhe deu um livro, no qual estava escrito: fujam da ira vindoura. O homem leu e, olhando para o Evangelista, falou com muito cuidado, voz de Nicolau.

Para onde devo fugir? Perguntou Cristão.

Vê lá longe aquela porta estreita? Evangelista.

Não.

Vê lá longe aquela luz radiante?

Acho que sim. Voz de Walace (Cristão), lendo direto no papel em suas mãos.

É a luz da cidade de Passo do Pastor, a Cidade Celestial, o lar dos servos e das servas de Deus. É para lá que deves fugir, Ubaldo, lendo também na folha de papel.

Pára, pára! Vamos começar de novo... Vocês tem que falar tudo de cor, sem olhar para o papel, corrigiu Ebenezer, impaciente.

Por que somos nós que temos que ficar cuidando de lâmpadas, de fios e da mesa de som?, contestou Camila.

É, queremos contracenar, Madalena.

Não tem personagens femininos na história, Ebenezer, querendo retomar o ensaio.

Hum... Já sei! Podemos ser narradores!, insistiu Camila.

O narrador tem que ter voz grossa. Não vai dar... Vejam bem, cuidar da sonoplastia e da iluminação é tão ou mais importante que atuar no palco.

Frustradas na primeira fileira de cadeiras, Camila e Madalena acompanhavam o ensaio, ligando e apagando luzes, deslizando displicentemente os controles de volume na mesa de som. Os gestos logo se tornaram automáticos, liberando-as para a diversão.

Andando pelas regiões desertas deste mundo... Disse bem baixinho Camila, de pé ao lado de Madalena, coreografando os braços e o rosto em pantomima.

Hahaha! Madalena punha a mão na boca para conter a risada.

Por que cho-ras? Em barítono.

Hahaha!... Para, Camila!... Hahaha!, se contorcendo na cadeira.

Para, para! Vamos começar de novo... Em contralto.

Gargalharam sem freios.

Silêncio, ai!... O pastor lá do canto do palco.

Hahaha!, as duas levaram as mãos na boca, recuperando o fôlego.

O maior pinto é de Walace, olha lá! Disse Madalena, bem baixinho, quase sussurrando.

De jeito nenhum: é o de Nicolau. Camila, ajustando-se ao tom proposto pela amiga.

Ele tá sem cueca. Aí não vale...

O de Ubaldo vive dando seta para a esquerda.

E o volumão do pastor?... Ali tá besuntado de Gel Macho Alpha.

Trapaceou... Eliminado!

Hahaha!

Seguiram assim, saboreando a vingança.

A imagem dos livros na estante ainda fez Madalena recordar de como fora atacada por Heleonora, mulher do pastor da Igreja do Coração Reciclado, quando soube de sua aprovação no vestibular para ingressar no curso de Letras.

Minha irmã, a universidade vai destruir sua vida. Não vale a pena ganhar um diploma qualquer e perder a fé. Melhor vender picolé na praia, aconselhou Heleonora em reunião a portas fechadas no gabinete pastoral.

Pastora, a senhora está equivocada. A universidade é muito importante para a Ciência; um local de produção de conhecimentos necessários ao avanço das sociedades.

Como você pode ser tão ingênua... Aquilo lá é lugar de vagabundas, mulheres rodadas e doidas, não para mulheres dignas, de família, como você.

Quanta ignorância, pastora!... Não acredito que estou ouvindo isso. A senhora já frequentou alguma universidade, por acaso?

É claro que não! Vê se vou me contaminar com aqueles devassos! Deus nos chamou para sermos santas, separadas.

Jesus se misturava com as pessoas.

Andou com as pessoas erradas. Foi imprudente. Devia ter se preservado, como João Batista, que não se envolveu com mulheres, evitou a perversão dos centros urbanos, preferindo vagar pelos desertos; manteve uma dieta equilibrada, low carb à base de gafanhotos e mel silvestre, sem nunca se entregar às fermentações que enlouquecem os homens.

Então é isso. Vocês nunca perdoaram Deus pelo Nazareno, de lábios que beijam, olhos que choram, forças que se exaurem; liberal, a franquear por aí irmandade, sem exigências. No pilão fétido da religião, repleto de mágoa pisada, vocês confeccionaram um Cristo para si, tribal.

Falei o que tinha pra falar. Vejo que já cedeu à tentação do mundo. Lavo minhas mãos...

Deixou o gabinete pastoral cuspindo fogo, virada no cão com o preconceito e a ignorância de Heleonora; desalentada, sabendo que a pastora representava a opinião da maioria na Igreja.

Irmãos, a Política é secundária. O Evangelho é a nossa prioridade. Nenhum político ou partido resolverá o problema desse país, ouviu Madalena da boca de outro pastor. *Pode ficar um pouco melhor, um pouco pior por um tempo, mas é o Reino de Deus que vai resolver o problema do nosso país.*

Por longos e longos anos assim pensaram e viveram os cristãos, buscando apartar-se da vida pública, dedicados quase que exclusivamente aos cultos, às orações e tudo mais que contribuísse para o caminho da santificação.

Até se tornarem maioria na sociedade.

Vicejou um velho e adormecido desejo de fazer do Brasil "uma nação cristã", para a glória de Deus.

Vocês podem ter certeza, não descansaremos até que o Brasil seja nosso grande Passo do Pastor!, gritou no microfone a futura primeira-dama Vichy Valadão, a "Vê-Vê", para uma multidão de dois milhões de pessoas durante um comício em setembro na Avenida Paulista. *Chegou a nossa vez! A minoria pagã terá que se curvar à maioria! Deus nos chamou para sermos cabeça, não calda!*

A massa verde e amarela mergulhou num transe coletivo.

Ex-detenta da Penitenciária Federal de Catanduvas, Vê-Vê viu pela primeira vez o sol nascer quadrado ainda adolescente, após ser denunciada por uma companheira de estelionato. Quando jovem, Abraão Etchegoia costumava levar a Palavra de Deus aos presos, um trabalho voluntário. Numa das idas à Catanduvas, conhece a encarcerada Vichy Valadão. Logo as visitas se transformariam em "visitas íntimas".

Ammom Etchegoia, pai de Abraão, então presidente da República que inaugurou o período de gestação do Oikos, foi quem expediu o salvo-conduto que tirou Vê-Vê da cadeia, entregando-a ao matrimônio com seu filho, pai da criança que ela carregava no ventre.

Quando Jesus me libertou das algemas, Ele me revelou em sonho que eu seria usada para uma libertação ainda maior, a libertação de uma nação, continuou Vê-Vê, preenchendo os quatro cantos da Paulista.

Por isso estamos aqui, irmãos, atendendo ao chamado de Deus, Aquele que escolhe as coisas loucas deste mundo para confundir as sábias; as coisas fracas deste mundo para confundir as fortes; as desprezíveis, as que não são, para aniquilar as que são. Amém?!

Amém! Amém!, explodiu a multidão em uníssono, como outrora a torcida do Bahia na Fonte Nova, no golaço de Bobô.

Com Cornelius Goebbels à sua direita, Abraão Etchegoia à esquerda no caminhão de som, Vê-Vê se dirige às mulheres:

Mulheres, sejam sábias e corajosas. Uma mulher sábia edifica sua casa, edifica seu bairro, seu município e Estado. Mas mulheres sábias edificam uma nação, e é essa mensagem que nós queremos passar para vocês. Mulheres femininas fazendo uma política feminina, não feminista.

Por um bom tempo fomos otários a ponto de acreditar que não poderíamos misturar política com religião. E o mal se alastrou. Chegou o momento da libertação. Conhecereis a verdade e a verdade vos libertará!

Cornelius Goebbels era a eminência parda por trás do sucesso da Avenida Paulista naquele domingo de garoa fina em São Paulo. Sua aparição mais decisiva foi há quatro anos, durante o encontro anual do Instituto Kyrios, o mais influente *Think Tank* abaixo da Linha do Equador, ocasião em que realizou seu histórico pronunciamento.

A Revolução Francesa ignorou Deus. Ela se opôs a Deus. Recusou-se a reconhecer uma base mais profunda da vida política para além daquela que se encontra na natureza, isto é, no próprio homem. O primeiro artigo da confissão da mais absoluta infidelidade era 'nenhum Deus, nenhum senhor'. O Deus soberano e verdadeiro foi destronado e o homem, com seu livre arbítrio, foi colocado no lugar, se dirigia a uma multidão de formadores de opinião.

Vamos lembrar do venerável Rousas John Rushdoony, quem nos fez ver a radiante revelação contida no verso 28 do livro do Gênesis: "espalhem-se por toda a terra e a dominem. E tenham poder sobre os peixes do mar, sobre as aves que voam no ar e sobre os animais que se arrastam pelo chão". Deus incumbiu a nós cristãos de assumir o domínio sobre a sociedade!

É isso aí!

O anjo de Deus me visitou em sonho e me disse: "Cornelius, eu te levantei para instruir meu povo. Esqueçam os debates com os ímpios. Conquistem corações e mentes!".

Como, Senhor?

"Juízes, promotores de justiça e delegados de polícia. Assim que vocês vão governar. Você sabe do que estou falando. Foi para isso, para essa hora que te fiz promotor".

Eis-me aqui, Senhor.

Acordei assustado, irmãos. A gente pensa que quem governa é prefeito, governador... Não é isso? Mobilizamos o mundo inteiro cristão para votar em candidatos, e eles vão ficar lá por quanto tempo? Se muito, quatro anos.

Aleluia!

Só que tem um governo não eleito, governo vitalício. Eu mesmo, estou a quarenta anos no Ministério Público. Eu que sou governante! Os meus colegas nas cidades... o prefeito tem medo deles. Quem governa a cidade, de verdade, é juiz, promotor e delegado. Foi isso que Deus me fez ver.

Yeah! Gritou na plateia um sujeito agitando uma *Confederate flag*, usando chapéu com a sigla AKIA e a bandeira da Grande Nação Sionista, uma em cada lateral.

Mais tarde Deus revelaria ao irmão Loren Cunningham os setes primeiros montes a serem conquistados das mãos do inimigo: Família, Religião, Educação, Governo, Mídia, Artes e Economia, continuava Cornelius.

Mas fomos infiéis, negligenciando por décadas o chamado de Deus. Nos acovardamos. Nos deixamos influenciar pelo engodo da diabólica ideologia esquerdista, com seu Estado laico, sua mentirosa democracia e pela armadilha dos Direitos Humanos. Mas, enfim, acordamos! Deus nos livrou desse laço!

Fez-se grande algazarra. Uns aplaudiam, outros choravam, ainda outros pulavam na ponta dos pés, aos berros de *glória a Deus!*

Silêncio, por favor, silêncio, solicitou Cornelius. *Aqui no Brasil, aprove a Deus começar a grande virada pela pequena Passo do Pastor. Lá a prefeitura, a Câmara de Municipal e os tribunais estão há muito nas mãos de servos de Deus.*

Tomou um gole d'água.

Temos a honra de ter aqui conosco hoje o pioneiro vereador da antiga Passo do Padre, Dietrich Koch, que teve a ousadia divina de propor a tipificação do "crime de heresia" na Lei Orgânica do município.

Dietrich, um sexagenário de olhos azuis, mãos grossas de quem passou boa parte da vida no trabalho duro da lavoura, ficou de pé no auditório, gesto seguido pelos demais presentes, aplaudindo-o efusivamente por cerca de dois minutos.

O vídeo do histórico pronunciamento de Cornelius Goebbels viralizou, sendo exibido regularmente na programação de quase todas as comunidades. Na Igreja do Coração Reciclado não foi diferente: a sessão, com pipoca e refrigerante, foi num pequeno salão durante o encontro da juventude. Camila e Ashbel estavam presentes.

Ao final da exibição, Ashbel ergueu a mão, pedindo a palavra:

Até acredito que nós cristãos podemos, sim, em certos momentos e dependendo das circunstâncias, ser protagonistas na sociedade e honrar o nome de Deus com nossas ações. Podemos eventualmente exercer algum tipo de vanguarda e liderança, a exemplo do que ocorreu com o reverendo Martin Luther King na luta pelos direitos civis nos Estados Unidos.

Mencionando luta por direitos, alguns se mostravam incomodados.

Mas não posso concordar com a ideia de que estamos aqui para dominar o mundo. E as pessoas que não compartilham da nossa fé, vamos lhes empurrar goela abaixo o cristianismo? Colocou pra fora o que vinha entalado na garganta.

O que você sugere? Que deixemos que o nome de Deus continue sendo desonrado por quem defende aborto e casamento gay? Vamos permitir que as bases da família sejam minadas por feministas peludas, que se recusam a ocupar o lugar que Deus reservou à mulher, para seu próprio bem e o bem da família? Rebateu Elvira Mendes, dos Mendes, família fundadora da Igreja do Coração Reciclado nos anos 1990.

O teólogo e pastor holandês Abraham Kuyper é quem teve a coragem de defender a verdade. Ele disse que as autoridades "devem reprimir a blasfêmia onde ela diretamente assume o caráter de uma afronta à Majestade Divina", adicionou o pedante seminarista José da Silva Knox.

E onde fica a liberdade religiosa que nós cristãos tanto reivindicamos e defendemos quando éramos minoria sob os governos de esquerda? O meu amigo que é de religião de matriz africana deve ser punido por não prestar culto ao Deus dos cristãos? Devolveu Ashbel, gesticulando, jugular em alto relevo.

Você é amigo de macumbeiro?!, alarmou-se Elvira e outros mais.

Qual o problema? Pois fique sabendo que meu amigo macumbeiro é mais cristão e mais humano que muitos cristãos que conheço, desafiou Ashbel. Assim respondeu porque tinha em mente o trecho da Bíblia em que se diz: *Os não judeus não têm a lei. Mas, quando fazem pela sua própria vontade o que a lei manda, eles são a sua própria lei, embora não tenham a lei. Mostram, pela sua maneira de agir, que têm a lei escrita no seu coração.*

Estou com Elvira. Nosso Deus é o Deus verdadeiro. Os demais são ídolos, invenções humanas. Todos devem reverenciá-lo. Mr. Kuyper está mais uma vez com razão quando disse que "a supremacia de Deus deve ser reconhecida pela confissão de seu nome na Constituição como a Fonte de todo poder político, mantendo o sábado, proclamando dias de oração e ações de graça e invocando sua divina benção", interviu o diácono Sebastião. *Essa é a pura verdade. Doa a quem doer.*

Isso mesmo! A minoria tem que se curvar à maioria. E pela graça de Deus nós, que sempre fomos ignorados e desprestigiados nesse país, agora somos maioria. E faremos tudo isso dentro da legalidade, pelo nosso voto consciente, reforçou Elvira, dando de democrata.

Elvira ainda falava quando Ashbel atropelou:

Vocês estão esquecidos de Jesus?! Lembram de quando seus discípulos entraram num povoado samaritano e não foram bem recebidos, o que queriam fazer com aquele povo Tiago e João? "Senhor, queres que façamos cair fogo do céu para destruí-los?". É o que vocês querem fazer hoje com quem não é cristão: usar da violência, encarou nos presentes. *E como Jesus reagiu à proposta absurda de Tiago e João? Não estão lembrados? Deixem-me refrescar suas memórias...*

Pegou sua bíblia surrada, abriu no Novo Testamento e leu: *Mas Jesus, voltando-se, os repreendeu, dizendo: "Vocês não sabem de que espécie de espírito são, pois o Filho do homem não veio para destruir a vida dos homens, mas para salvá-los". Vocês que querem impor o cristianismo, vocês estão por fora, não entenderam nada sobre o Filho de Deus!*

Camila puxou com sutileza a ponta da camisa de Ashbel, fazendo-o virar-se para ela, quem por meio de códigos faciais dizia *deixa pra lá, não vale a pena.*

Os ânimos ainda estavam exaltados quando a conversa se encerrou, seguindo-se uma oração conduzida pelo diácono Sebastião:

Ó Deus, te damos graças porque não somos como os rebeldes e devassos que se insurgem contra tua Lei. Livrai-nos das artimanhas da idolatria do humanismo! Faz cair as escamas dos olhos daqueles que ainda não enxergam o mal travestido de bem, as trevas disfarçadas de luz. Amém!

Com as vísceras contorcidas por mais aquela demonstração do quão estúpidos e insensíveis os seres humanos podem ser, Ashbel lembrou-se de quando um pombo o ajudou a se convencer da tragédia humana.

Sentado numa mesa de bar, viu, incrédulo, um pombo que parecia tentar ser humano:

Um pombo desce a escadaria.

Noto-o por triangulação: sua imagem se forma na pupila de um olho que me hipnotiza, que devoro.

Não voa. Não bate as asas. Não pula, como qualquer ave.

Degrau por degrau, pé após pé.

Antes do próximo degrau, para. Parece hesitar.

Inclina-se levemente, de lado, para uma melhor visão.

Calejado pelos maus tratos, milésima geração de enxotados, desconfia, girando alucinadamente os olhos.

Experimenta com o pé direito o degrau abaixo.

Firma.

Um leve impulso, cinética dos pequenos corpos, logo avança na descendente, à humanidade.

Repete e repete os mesmos gestos, enquanto involui.

"Já estive aqui, já fiz isso antes". Conjectura, depois do quarto degrau.

Conhece a monotonia dos gestos e o tédio dos minutos.

Chegando ao sétimo degrau, sente-se exausto, um cansaço estranho, uma má vontade.

Não quer dar nem mais um passo.

O que estou fazendo?

Ofegante, para. Observa. Humanos à mesa.

Lembra da última vez que foi enxotado de uma mesa de bar. A lembrança dói, como doeu o chute que levou na asa esquerda, que já não se abre ao voo.

Chora, e seu choro pareceu um arrulho banal, que se ignora.

Se recompõe e segue a marcha descendente.

Derradeiro, alcança o chão.

Se vira, se detém por um instante a olhar a enorme escadaria.

Uma sensação boa o invade.

Goza performaticamente, em pulos e giros, sacudindo a asa sã.

Realizar... "a cachaça" dos humanos, corre por suas minúsculas veias, quase rompendo-as.

Sorri, confiante.

Sua pupila dilata e seus olhos assumem um aspecto sinistro, inclemente.

Despreza os pombos que ciscam à sua volta.

"Criaturas desprezíveis, vivem a mendigar sobras dos humanos!".

Com particular irritação, nota um pombo de pena desgastada e opaca, que manca de um pé.

Infla o peito e parte pra cima, bicando-o violentamente na cabeça até sentir o cheiro de sangue.

Assusta-se.

Apavora-se.

Ai, minha pomba do céu, o que fiz?!

Num voo raso e improvisado, foge para um jardim próximo.

Em rito de expiação, esfrega desesperadamente o bico ensanguentado na grama.

À distância, observa mais uma vez os irrequietos e tagarelas à mesa.

Tomado de remorso, se penitencia arrancando as penas.

Envergonhado e isolado, pondera.

"Onde eu estava com a cabeça, querendo ser humano?!"

"Maldita escadaria"!

Genu flexit

A sala foi ficando escura. Coloquei, toda satisfeita, os novos óculos com *design* italiano.

Da janela dava pra ver o fundo lilás riscado por tiras de vermelhos incandescentes. Agachava-se o dia.

Fiz um lanche rápido, escovei os dentes, coloquei o *tablet* na mochila, onde se encontravam esquemas de aulas em folhas avulsas; peguei as chaves do carro e me dirigia à porta quando escutei a voz distante de Otávio:

Meu amor, te levo até a universidade.

O quê?

Te levo até a universidade, a voz caminhou uns passos na minha direção.

Não precisa... Hoje não tem jogo na TV?

Tem, mas não tem nada, não... Depois eu vejo os melhores lances.

Nunca vi Otávio perder um jogo de futebol, na TV ou no estádio. Até o dia do nosso casamento foi cuidadosamente escolhido para garantir que não chocasse com alguma partida do seu time.

Faltando dez minutos para as dezenove horas, Otávio me deixou na entrada do Instituto de Letras, no Pavilhão de Aulas da Federação.

Depois de duas horas de aula, consegui me livrar do último assédio de alunos preocupados com a próxima prova, desci do prédio e já tinha aberto o aplicativo para solicitar um transporte.

Bi, bi!, não reconheci o carro. A luz alta me cegava. Bloqueei-a parcialmente com a mão direita e vi Otávio sentado no banco do motorista, acenando. Caminhei até ele.

Você ficou aí esse tempo todo?!

Essa região é perigosa, meu bem. Vi no noticiário que uma mulher foi estuprada semana passada aqui nesse campus.

Cruz credo, Tavinho! Quando acontecem coisas assim, a direção da universidade manda um alerta para a comunidade. Não recebemos nada sobre esse caso, pelo menos até agora, pensou Madalena, preferindo responder: *Ah... Obrigada, amor! Você é um doce. Mas não precisava ficar ai me esperando... Também não é seguro para você.*

Esqueceu que sou faixa preta de Jiu-jítsu?

Vai nessa... Contra um berro seus golpes de Jiu-jítsu não valem de nada!

Aí minha pistola automática resolve a parada.

Otávio Benevides, você não se desfez da arma?! Mentiu esse tempo todo! Você não tem o direito de submeter sua família a esse risco, achei que tinha entendido.

É para nossa proteção, caramba!

Está tudo bem aí, Madalena? Perguntou Anita, amiga da adolescência que não via há um tempão, que ia passando.

Anita, meu Deus, é você! Quanto tempo! Ah, sim, tá tudo bem. É o Ivan? Perguntou, jogando os olhos na direção de Otávio.

O quê?... Não. Meu marido, Otávio... Direcionei com a mão. *Otávio, essa é Anita.*

Oi.

Prazer. Vou indo... Tchau, Madalena! A certeza de ter sido inconveniente fez Anita se apressar. *Eu e minha matraca...* Pensava enquanto se distanciava do casal.

Entrei no carro e continuamos a bater boca.

Por que aquela mulher achou que eu era Ivan? Sua expressão era de policial diante de um flagrante. Até aquele momento não havia dito nada para Otávio sobre minha história com Ivan no passado, nem sobre meu envolvimento com o Oinos.

Sei lá! Respondi com naturalidade. *Não muda de assunto... Por que você não se desfez daquela droga de arma?!*

Até chegarmos em casa, foi falando toda aquela ladainha de que a arma é a garantia da nossa liberdade, o direito de todo cidadão de bem à autodefesa contra os bandidos.

Olha como é nos Estados Unidos! Lá as liberdades individuais são respeitadas, de verdade. Sabe por quê? Eu te digo: porque o americano defende sua família e sua propriedade na base da bala! A isso se seguiu bolorentas teorias da conspiração sobre ameaças comunistas.

Quando acordei no dia seguinte havia uma cesta de café da manhã – repleta da culinária baiana – me esperando, com um bilhetinho na forma de coração: *Para alegrar seu dia. Te amo.* Otávio fora cedo para o trabalho e, além da cesta, deixou uma caixinha aveludada com um anel de prata (meus preferidos) adornado por uma pedra de esmeralda.

Não contive as lágrimas, embora chateada por ontem à noite.

As caronas para a universidade se seguiram por semanas. Muitas vezes encontrei Otávio em sono profundo dentro do carro, me esperando. Na última noite em que fui escoltada até o campus, bem no meio da aula, retirei meus óculos para ler na tela do computador e, estendendo a mão para pegá-los de volta, acabei lançando-os no chão, estilhaçando uma lente, trincando a outra.

Maldição! Praguejei na cabeça.

Minha nossa!... Quebrou... Esse já era... Alarmaram-se sincronizadamente os alunos.

Tudo bem, pessoal, essas coisas acontecem, ensaiei uma calma inexistente.

Fiquei remoendo dias a fio aquela perda. Além de amá-los, havia gasto uma grana naqueles óculos.

No dia seguinte, esperei a oferta de Otávio, mas ela não veio.

Vai me levar na universidade?

Tenho reunião na igreja. Soou indiferente.

Deve estar zangado comigo pelo que deixei acontecer com os óculos, foi o que pensei, lembrando zangas de Otávio pelos motivos mais idiotas: esqueci de dar descarga no vaso; fui à praia com o carro dele, molhando o assento com a água do biquíni; fui ao teatro com Camila no dia da apresentação do coral (ele é um dos tenores) da igreja; cheguei em casa tarde da noite, depois da confraternização de fim de ano com colegas da universidade. Essa última ocorrência o deixou possesso.

Voltei a lidar com a dificuldade de enxergar de longe, mas resisti em fazer novas lentes, até que a miopia piorou consideravelmente e a situação ficou insustentável: a partir de uns três metros, não reconhecia as pessoas, passando por situações constrangedoras.

Amanhã saio mais cedo para ir ao oftalmologista fazer exames e pegar nova receita para óculos. De lá sigo para a universidade, comentei, já de *lingerie*, perfumada, na cama.

Você não precisa de óculos para dirigir.

Até que me viro bem no trânsito, mas estou cometendo gafes, uma atrás da outra. Não reconheço as pessoas. Na sala de aula principalmente.

Por que você não manda seus alunos sentarem mais perto de você?

Por que tá criando dificuldade?

Eu? Não... Só acho que dá pra esperar um pouco mais. Sua miopia nem é tão forte assim. Eu já fui míope de grau dez e fazia tudo sem óculos, até jogar futebol.

Quando foi para comprar aqueles óculos antiquados, com aquelas lentes fundo-de-garrafa, você não se incomodou, não disse nada.

Por que não compra óculos mais sóbrios, tipo óculos de professora?

Virei de costas, puxei o cobertor até o pescoço, fixei-me na luz cálida do abajur.

Por que tem que ser assim? Não tem que ser. Não tenho culpa de nada. Não preciso de expiação. Por que tenho que ficar compensando a insegurança masculina? Ficar na sombra deles? Ah, vão se ferrar! Encolho as pernas. "Uaah!" *Bocejo encenado de Otávio. Eu penso. Eu desejo. Tenho sonhos. Eu quero decidir, e decido mesmo. Não sou boneca de porcelana.* "ZZZ!" *Muriçoca do cão! Cubro a orelha. Vou me levantar, ascender a luz, matá-la com minhas próprias mãos. Não, posso acordar Otávio. Não quero ficar de conversinha. Gosto do meu corpo, das minhas pernas, minha boca, minha bunda. Sou bonita, sou gostosa mesmo, e daí? Mas que droga! "Ah, mas o espaço dele...". E o meu? Por que não se pode brilhar juntos, na mesma intensidade? Tá tudo errado... Quero respirar, fazer e acontecer, rir, gozar, amar! Tentar, tentar de novo, fazer, desfazer, sem culpa.* "Hahaha!" *As meninas se divertem no quarto. Isso é bom. E se estiverem rindo de alguém?*

Estou quase sorrindo com elas, nem sei do quê. É isso! Curtir. Aproveitar. Lençol gostoso, friozinho, hum... Cabelo macio. Acertei no shampoo. É pedir muito? Não, não é pedir muito. "Não se pode ter tudo". "Não se pode estar em vários lugares ao mesmo tempo". "O que somos foi decidido em um único lance de dados, e pronto". E se chegar a me enjoar dessa sorte, como de fato vai ocorrendo? Vou me desfazer de vez e aí eu quero ver. Qualquer dia desses. Que se descabelem; enlouqueçam. Que tenho eu com isso? Tocarei jazz na sanfona, samba na lira; darei bom dia em latim, boa tarde em russo e à noite direi gírias em esperanto. Aí vocês vão ver! Quem não aguentar que tome sua tarja preta, não tô nem aí! Desço sempre pelo mesmo lado da cama; depois de me enxugar, a toalha do banho está sempre com a etiqueta virada para mim; saio do prédio todos os dias no exato momento em que o vizinho tange a cria para dentro do carro; se não acontece um acidente, percorro o mesmo caminho até o trabalho. O quinto semáforo, sempre o encontro fechado. Quando muito, mudo o creme dental uma vez por mês, o desodorante a cada dois meses. Vou morrer sem gostar de palmito? "Ah, Madalena não gosta nem de palmito nem toma chá"... De manhã cedinho, hora da plena consciência da alienação, sou marxista; ao meio-dia, no almoço, meu paladar é orgulhosamente burguês; tarde da noite, extenuada da dupla jornada, me pergunto: como foi mesmo que Marx conseguiu escrever aqueles calhamaços com sete filhos para criar? A pobre da Jenny devia se estrebuchar enquanto o diletante se ocupava em filosofar. Vou queimar a droga do Manifesto! "Tudo é enfado e canseira", a maior verdade do Antigo Testamento. E o sexo, onde ando remendando cenas hollywoodianas? Ficamos com míseros cinco por cento de prazer contra cem por cento dos homens. Não pode ser! Se muito, mudo de quando em quando a calcinha, ponho aquele perfume afrodisíaco, amplio timidamente o repertório de frases sujas e onomatopeias eróticas. Tudo está sob o manto do ridículo. Querem mesmo que eu fale de prazer? Pois bem. Quase sempre acontece quando estou só, quando posso experimentar sem bisbilhoteiros por perto. Como frituras, falo mal dos outros, acho graça de algum infortúnio alheio, me abduzo fazendo "minhas coisas", pratico os self-services espiritual e carnal, escrevo um monte de asneira, depois jogo fora, vou ao parque, ao cinema, falto ao trabalho. Qualquer ocasião onde eu possa dizer "dane-se!", com ou sem culpa. No final, não faz muita diferença. Mas deixe estar... Deixe estar... Deixe esta... Deixe...

Estava às margens do Ipiranga, montada num pangaré de pelo raso e desbotado, calçando minhas desgastadas Havaianas, vestida com uma bata branca de algodão cru, como a que comprei outro dia na Praia do Forte.

Descalcei as sandálias e com algum esforço consegui me equilibrar e ficar de pé no lombo do animal, que emitiu um som indecifrado.

Algumas pessoas estavam reunidas à minha frente. Lançavam olhares cansados; cabeças enlaçadas por grandes fones de ouvido; três pisavam no chão de terra. Não havia mãos estendidas nem nada do tipo, mas pareciam desejar, e os músculos, esticados, concedia uma expectativa de iminente agressividade. Não estava com medo, como deveria, e em gesto não antecipado, dirigi-me ao grupo:

Ó vós, como eu, cansados de controlar e serem controlados; vós, que estais, como eu, fatigados de vigiar e serem vigiados; vinde agora: como poderia governar outros, se não sei governar a mim mesmo?

Enquanto desejarmos ser donos de si, terminaremos por ser o dono de alguém.

Sem demora construamos nossa Abadia de Telema, sem muros, sem fronteiras.

"Já que em todas as religiões do mundo tudo é mesurado, limitado e regrado pelas horas", fica decretado que "não teremos relógio nem quadrante algum. Mas a depender das ocasiões e oportunidades é que todas as funções serão divididas". Lancemos Cronos e seus discípulos no calabouço da nossa abadia!

Ó, espíritos amedrontados, ousemos! Que tal um mundo sem gravidade, de ponta-cabeça? Um mundo pesado, de gravidade infinita, no qual tudo viva sobre a terra, até os deuses sejam empurrados para o chão?

Não queiramos conduzir nem guiar ninguém. Não tenhamos seguidores e desistamos de desejar seguir quem quer que seja: como poderia governar outros, se não sei governar a mim mesmo?

"A maior piração do mundo é se governar ao som de um sino, e não ditado pelo bom senso e pela inteligência", salve o venerável Gargântua!

Ora, ora, "já que tanto os homens quanto as mulheres acolhidos nas ordens religiosas são forçados e constrangidos a lá permanecerem perpetuamente", fica estabelecido que tanto homens quanto mulheres, acolhidos na nossa Abadia, saiam quando lhes der na telha, sem prestar contas a ninguém, nem a si mesmos, se assim quiserem. Em nossa Abadia não haverá logomarcas, brasões, distintivos, crachás ou qualquer outra insígnia de pertencimento. Pertenceremos e despertenceremos quando e na medida que quisermos, se assim quisermos.

Temos que ter leis, ao menos uma Carta Magna para nos conduzir, disse Camila, aparentando mais velha no sonho.

Está certo... Acha-se assim promulgada desde já a nossa Constituição.

Título I:
Das antipatias e imprecações.

Artigo Primeiro:

Cá não entreis, hipócritas, carolas,
Clérigos sonsos,
Canalhas, vendilhões da fé,
Ide vender lá fora seus abusos!

Artigo Segundo:

Cá não entreis, vampiros,
Desejocidas,
Inlibidinosos!

Artigo Terceiro:

Cá não entreis, fluentes na Lingua Tertii Imperii,
Corja de supremacistas brancos,
Celibatários involuntários,
Assassinos de Circe!

Artigo Quarto:

Cá não entreis, revolucionários carrancudos!
Chefe de grupelhos,
Caretas panfletários,
Fazedores de atas!

Título II:
Das empatias e simpatias.

Artigo Primeiro:

Entrai, ó vós, e sede aqui bem-vindos,
Ó gente comum que chegais!
Neste lugar, dinheiro que se ganha
É todo gasto para o vosso bem,
Sem distinção de grandes ou pequenos.
Ficareis todos meus amigos íntimos,
Alegres, prazenteiros, engraçados,
Bons, gentis, e agradáveis companheiros.

Artigo Segundo:

Entrai, ó vós, mulheres de duvidosa estirpe!
Com decisão, entrai, sem vacilar,
Ó lindas flores, de celeste face!
Nesta Abadia, tereis morada honrosa.

Um punhado permaneceu cético, outros, que inicialmente traziam carrancas nos rostos, esboçavam um sorriso e alguns poucos estavam excitados.

Naquele momento tomou a palavra Ivan, que montava outro pangaré, que pelo excesso de peso, ajoelhou-se.

Irmanados como estamos, do fundo do nosso espírito livre, cantemos juntos a cláusula pétrea: AMA E FAZES O QUE QUISERES, conclamou.

Todos cantamos ao mesmo tempo essas palavras, como se já as soubéssemos. Cantamos ao estilo das melodias dos Elfos. O coral de vozes estrondou como trovão, multiplicado várias vezes pelos grandes rochedos que vigiavam o Vale do Ipiranga.

Um passamento, como se o cérebro tivesse piscado, e estava nua, sozinha às margens do Ipiranga, que de rio caudaloso se transformou em filete de riacho.

Um frio ártico se apoderou de mim, de abandono misturado com ânsia de morte indesejada. Com a língua, busquei a saliva ausente na boca travada. Sustentei em vão um olhar arregalado, invocando deuses lacrimais que me devolvessem vistas aprazíveis.

Todos se foram. Os rochedos pendiam sobre mim, com olhos agigantados e cavernosos de cassiterita.

Tentei correr, mas não saí do lugar. Gritar, e nenhum som veio à garganta.

O que foi, amor? A voz me era familiar e enquanto a ouvia as coisas voltavam a ser agradáveis e inofensivas. *Não ficou satisfeita com tudo que te trouxe? Esse rio, essa grama, as montanhas?* Tão logo a voz parava, a dúvida, o frio, a nudez, a morte. Tão logo retornava, o abrigo, o conforto, a certeza.

Não, não... Gosto, sim, de tudinho que me dás! Só pensei em caminhar um pouco, conhecer um pouco, gozar um tanto para além desse vale – lindo vale! - para onde me trouxe, onde sou feliz!

Ingrata!

O quê? Não... Não...

Louca! A voz ia se engrossando. Sentia as toneladas tonais a comprimir para baixo meus ombros, fazendo o tronco inclinar-se para frente, os joelhos dobrarem-se levemente.

Libertina! Vamos, peguem ela! Surgiu uma tropa de homens vestidos com túnicas e estolas sacerdotais, armados com castiçais, âmbulas de ouro e cíngulos.

Um homem peludo, rosto marcado por grossas cicatrizes, avançou sobre mim com olhos vidrados e esbugalhados de um possesso. Com fúria, segurou meus braços, cortando a carne com unhas sujas e colossais.

Despertei aos gritos, a me debater com o homem, molhada de suor, com Otávio me sacudindo pelos ombros.

Madalena, o que foi? Calma, sou eu.

Nunca mais fui a mesma depois daquela sufocação onírica. Custava muito pouco para entrar em colapso: dores no peito, vertigem, agitação, medo de morrer, de perder alguém, falta de ar; palpitação seguida de fria sudorese.

Em tudo vacilava: *visto saia ou vestido longo? A blusa está muito decotada? A rua está vazia... Atravesso ou espero o sinal fechar?*

Tive um sonho ruim. Foi tudo que disse a Otávio.

Para Camila, entre um soluço e outro, contei os pormenores, até sobre as magníficas mulheres que vi em uma das margens do rio, todas de óculos e sensuais, cada uma com dez bocas carnudas, chupadas por homens como beija-flores desfalecidos.

Deserto

Ela não está bem, diziam os olhares e as pesarosas palavras que me dirigiam: *Vai ficar tudo bem, isso passa.* Alguns se divertiam às minhas custas: *É menopausa; tá dormindo de calça jeans.*

Na igreja a moral fazia a festa: *Está se perdendo, deixando-se contaminar com ideologias do mundo; Vai botar a perder o casamento; Histérica!; Coitada...*

Choramingava escondida. Não queria que além de todas as suspeitas e acusações que pesavam sobre mim, se somasse a de autocomiseração.

Amiga, me deixa ficar uns dias na casa de praia de seus pais, te imploro, liguei para Camila.

Carreguei o carro e peguei a Estrada do Coco em direção a Guarajuba.

Queria me lançar nos braços de imensidões que assombram e acolhem: o céu, o mar, a poeira cósmica, a ventania, a tempestade, a voz rouca e sensual da arrebentação. O Deus das igrejas se tornou uma imensidão que assombra e não acolhe; incorpórea demais, nem machuca, nem cura; nem esbofeteia, nem pega no colo.

Creio em Deus Pai, todo-poderoso, criador do Céu e da Terra e no Jesus de Alberto Caieiro; eternamente humano e menino; descendido à Terra pelo primeiro raio de sol; limpa o nariz ao braço direito; gosta de fazer chapinha nas poças de água; anda roubando frutas dos pomares; corre atrás das raparigas, levantando-lhes as saias. Amém! - Meu credo.

Queria dançar com os vaga-lumes, clarões de desejo, corpos líricos riscando o breu das noites praieiras; criaturas que vagam fracamente, como se uma luz pudesse gemer, erráticos *luccioles.*[11]

A casa de praia dos Calazans tem uma coleção completa de discos de vinil e uma adega com vinhos portugueses. Escolhi um LP do Cartola, abri uma garrafa de Periquita Reserva e fui para a rede na varanda, de onde se pode ver um pedaço de mar com as coloridas embarcações. Os lábios tremulavam enquanto escutava a faixa "Preciso me encontrar".

Fiz uma revista nos cômodos da casa atrás de papel e caneta. Encontrei um toco de lápis e algumas folhas em branco na impressora do quarto que funciona como escritório. Peguei minhas coisas, meus livros e a garrafa de vinho. As emoções causavam náuseas e sem mais conseguir contê-las, vomitei palavras:

> *A garrafa térmica azul-marinho que acabo de encher com água, ultrapassa a impressora em quatro centímetros. Estão entre quarenta e quarenta e cinco graus do eixo imaginário que sai da minha nuca e atravessa o meio entre os olhos.*
> *Livros espalhados pela mesa, com tampo que imita o piso de madeira, sustentada por uma estrutura de ferro preta em "U", uma em cada extremidade.*

11 Georges Didi-Huberman, A sobrevivência dos vaga-lumes. Belo Horizonte: Editora UFMG, 2011.

A trinta graus abaixo de minha linha do Equador, meus colírios, um para controlar o peso da vida sobre o nervo ótico e outro para emocionar a córnea, marejando-a.

À minha esquerda, um lápis de ponta feita, com bandeirinhas do Canadá ao longo do dorso e uma borrachinha branca na outra ponta, que se encaixa na parte metálica.

Uma caneta azul que risca fácil e o hashi da última refeição nipônica formam um conjunto com o lápis estrangeiro.

Marcadores de página, de várias cores, estão sobre meu caderninho amarelo de espiral branca, onde jazem rascunhos de sonhos abandonados.

Enquanto deixo meu olhar cair sobre essas coisas, escuto em loop "Oceano" de Djavan.

Vã investida para atrair ideias inauditas.

Até o quarto loop, ainda presto atenção à letra. Depois, resta apenas uma indistinta melodia de sofrência.

O que quero com isso?

Criar um mundo novinho em folha? Assim, com esses truques baratos?

É preciso muito mais e muito menos, de muito outro.

Uma angústia fina e latejante se mostra o tempo todo, erguendo um arranha-céu entre mim e o mundo que já estava para nascer e se foi, sem deixar rastros.

Volto à estaca zero. Objetos sobre a mesa.

Canso de Djavan. Acabo com o nauseante loop e, uma vez liberta, a playlist canta "Tarde em Itapoã", e logo "Fly Me to the Moon", e "Stairway to Heaven", numa sucessão musical esdrúxula, como meus passos.

Desvio o olhar. Olho pela janela um coqueiro maltratado pela ventania.

As pálpebras pesam. Os olhos queimam.
Pisco com preguiça.
Levo a mão esquerda ao queixo, apoiando o cotovelo no braço da cadeira.
Volto à estaca zero. Os objetos. A angústia, que escorreu do peito para a boca do estômago.
Uma pilha de livros se insinua à direita.
Talvez o mundo novinho em folha esteja ali, me esperando em um desses livros. "On the road" parece promissor: mundos selvagens para corpos contidos e espíritos adestrados!
Pego o exemplar capa dura da Penguin, roço os dedos sobre a capa, sentindo a textura fria de tecido mostarda.
Gostoso.
Mais uma vez, mais devagar e de olhos fechados.
Abro na página sete.
Derrubo o olhar sobre a linha onde me aguarda, desde a última sexta-feira, o marcador vermelho.

Quando plenamente perdida, entregue aos excessos de Baco, antes de cair nos braços de Morfeu me imaginei ligando para Ivan, quem sempre me pareceu não saber bem o que fazer de sua breve existência. Seria a pessoa certa para o momento. Para me ajudar no esforço imaginativo, me dirigi a um boneco do Pinóquio que me encarava, encostado na cabeceira da cama.

Alô, Ivan? Sou eu, Madá.
Quem é viva aparece! O que tem feito da vida?
Ah, amigo, por enquanto somente a vida tem feito de mim.
O que foi?
Os dissabores de sempre, com a Igreja... Comigo mesma... Você sabe.

O problema de vocês cristãos... Se derretem de amores por Sócrates e Platão, e desprezam Sófocles.

Sempre falando por enigmas, né, Ivan?

O Mestre não falava por parábolas?

Tem razão.

"Não peça coerência ao mistério nem peça lógica ao absurdo", explode Lygia Fagundes Telles a vida examinada. "Quanto mais Ciência, maior o desgosto", não é isso que diz o texto sagrado?

Acho que está no Eclesiastes, teria dito a Ivan.

Ancorei minha existência em demasia na Ciência e olha no que deu? Desgostos em excesso. Da tristeza pelo menos se tiram sambas pra gente dançar e se alegrar; a dor humaniza, mas o que se faz com toneladas de desgostos?

Ivan teria dado uma pausa, retornando segundos depois ao telefone.

Desculpe, fui atender a porta; o entregador com a pizza pepperoni não poderia esperar. Como ia dizendo... Os esquizofrênicos, sim, eles sacam das coisas: delírios, alucinações, pensamento e fala desorganizados; bizarrices, muita bizarrice.

Você é pirado! O pirado mais sóbrio e engraçado que conheço.

Lembrei do dia em que nos encontramos, ao acaso, no Palacete das Artes, onde acontecia a exposição das obras do antropólogo, fotógrafo e escritor Pierre Verger. Sentamos no café que fica nos fundos do terreno.

Conversamos sobre as trivialidades que costumam dominar os primeiros minutos de encontros com amigos que não vemos faz tempo. Lá para as tantas, as respostas protocolares de Ivan passaram a me incomodar.

Está tudo bem?

Ah, sim, foi mal. Estava distraído. Uns probleminhas que estão tirando meu sono, só isso, disse evasivo, tentando me fazer acreditar se tratar de questões do trabalho, uma doença inesperada, quem sabe? Dificuldades financeiras...

Sua resposta não me convenceu.

Quer dividir?

Tá tudo bem, de verdade, desconversou novamente. Não demorou e nos despedimos.

No seu diário, aquele encontro, que não havia significado nada demais para mim, foi digno de um longo registro, carregado de vivas cores emotivas, tão próprio de Ivan:

De volta ao apartamento, pus no papel o que teria dito a Madalena, não fosse a recaída na hesitação:

> *Hoje minha retina saturou, trincou, transbordou e rompeu-se o dique onde acumulavam milhares de imagens sua: você agitada, você pensativa, você cantarolando baixinho, você tímida, você absorta em pensamentos, você cansada da vida.*
>
> *Notastes meus olhos marejados. Era você liquefeita vazando por todos os poros.*
>
> *Derramaram-se toneladas de ti dentro de mim, modificando de vez morfologia, fauna e flora.*
>
> *Minhas curvas ficaram mais sinuosas e gingavam com graça.*
>
> *Caleidoscópio.*
>
> *Vaga-lumes e seres alados fizeram cócegas no pensamento, que riu.*
>
> *A enxurrada de você atingiu as Terras Baixas. Arrepios em alta voltagem. Músculos em polvorosa.*

Vulcânico.
Você se aproximou rápido, não deu tempo de me atirar no bueiro da hesitação.
"Quer dividir?", sussurrou você do lado de lá da cerca.
A doçura de sua voz, que ignora cercas, invadiu meu terreno baldio.
Refluxo.
Uma horda de mim se lançou sobre a precária cerca, que cedeu.
Todos de mim – comportados e atrevidos – queriam lançar-se sobre ti, uns com ideias de anjos, outros com desejos carnudos e libidinosos.
Improvisei uma represa com meus braços, que também se jogavam em sua direção.
Contivemo-nos.
Menti dizendo verdades.
Num relance eu, grão celeste, fui sugado por sua força gravitacional.
Entrei em órbita.
Satélite, dava giros em torno de ti, vendo-te de vários ângulos, querendo-te de várias maneiras.
Feliz.
A cada volta, porém, tentava agarrar-te e te perdia.
Espiralando em círculos cada vez maiores, você foi voltando a ser aquele amor impossível.
Tudo isso em milésimos de desperdícios.

Tão logo terminei de escrever fui violentamente atingido pelo senso do ridículo. Num acesso de raiva, arranquei a folha do caderno, amassei tudo. Fui à varanda, joguei a bola de papel na lixeira de aço escovado, usei um isqueiro para atear fogo naquela porção de insensatez e fiquei, presidindo a fogueira do meu Santo Ofício, enquanto as faíscas ganhavam o céu.

Peguei no sono ali mesmo. Sonhei.

Acordei no meio da noite com a sensação de que estava chorando, uma enorme angústia. Raramente consigo lembrar o que estava sonhando; daquela vez foi diferente:

Encontrava-me numa sala precariamente iluminada por uma luz amarelada. Parecia uma sala de checkpoint, uma guarita separando ambientes. Um homem, cuja fisionomia não consigo precisar, agia como um policial, um vigia ou algum tipo de guardião, ou talvez um guarda de fronteira. Falava alguma coisa comigo e me entregou um relógio, que parecia ser meu e ele estava devolvendo.

Tudo muito enigmático. Que lugar era aquele? Quem era aquele homem e porque ele estava com meu relógio? Por que eu tinha um relógio?

Olhei para o relógio e me pareceu que indicava o mês de janeiro. Janeiro?! Mas não estamos em janeiro. Pensei, confuso.

O homem estendeu a mão, me entregou um pedaço de papel com alguns números anotados. Parecia um daqueles bilhetes de estacionamento, com o tempo de permanência do veículo. Meus olhos caíram sobre o número oito: oito anos!

Como deixei meu carro estacionado por oito anos nesse lugar, que nem parece um estacionamento? Agitava-me, tentando buscar alguma memória que pudesse dar sentido àquela cena bizarra.

Saí para uma área externa a procurar o veículo. Era noite e enquanto caminhava encontrei duas mulheres, que me pareciam familiares sem que, contudo, eu pudesse identificá-las.

Acabei de chegar. Disse, mas elas nada responderam, apenas se detiveram por uns segundos antes de seguirem adiante. Eram como dois espectros perambulando a esmo.

Sentia-me cansado, pálpebras de chumbo, como alguém que acabara de chegar de uma longa viagem.

Foi aí que, num instante, o pavor e a angústia se apoderaram de mim porque você não existia. Nunca existiu naquele mundo. Existia somente no mundo que eu deixara para trás, de onde acabara de chegar. Você fora um mero devaneio, um sonho.

Mas você estava ali, na minha cabeça, sorrindo.

Acordei num sobressalto.

Ainda sentindo a angústia circulando nas veias, abri bem os olhos; fiquei por um momento deitado, imóvel, olhando para o teto escuro do quarto.

Foi quando lembrei, na certeza dos despertos, que Madalena existia de fato. Alívio. Ria e chorava. A angústia, contudo, não se dissipara.

Oinos

Pela família!

Instintivamente nos viramos para o fundo da sala do antigo casarão na Rua Direita de Santo Antônio Além do Carmo, improvisado em teatro, onde acontecia a peça "As Senhoritas". O grito, humano e animalesco, seria parte da encenação, achamos, aguardando o próximo ato.

Os primeiros golpes de candelabros Menorah sobre as cabeças de espectadores que ocupavam as últimas cadeiras e a gritaria nos fizeram reformular o pensamento.

A confusão da cabeça virou o pânico dos corpos.

Com dificuldade caminhei, costas e pernas alheias sob meus pés, para próximo do palco, que represava e comprimia o cardume em pânico, formando o aflito superorganismo. O grupo invasor avançava, bocas escancaradas, caninos à mostra, aperfeiçoando os golpes, tingindo a cena de um vermelho vivo.

O elenco, conhecendo os labirintos da casa de espetáculos (soubemos depois), rapidamente desertaram do ofício.

De cabelos grisalhos, uma senhora se agarrava ao meu braço direito, enterrando a cabeça no minúsculo espaço entre meu ombro e o da pessoa ao lado.

Meu Deus! Socorro!
Meu pé! Meu olho!
Me larga!
Vem, aqui...!
Vai pra lá! Aqui não!

Arranquei o braço da cadeira mais próxima, como se tira graveto de árvore morta. Desejei vingança para criar coragem. Outros me seguiram.

Esquivei-me no exato momento em que um candelabro descia sem freios sobre minha testa, acertando a clavícula. Devolvi uma braçada de cadeira bem no rosto do Cidadão de Bem, que tombou, gemendo e praguejando: *comunista des-gra-ça-da!*

O pau comeu por uns poucos minutos até a polícia entrar no recinto e controlar a situação, protegendo os Cidadãos de Bem, mirando escopetas nos demais.

Nem todos do elenco conseguiram escapar. Eugênio Macunaíma, joia do teatro baiano, teve sua brilhante carreira interrompida. Chegou a ser socorrido por amigos, mas não resistiu aos ferimentos, falecendo a caminho do hospital. Circulou que seus ferimentos não eram de morte, que a sentença fora dada ali mesmo dentro da ambulância por gente de branco que entende de vida e de morte.

Os agressores no casarão agiram com total cumplicidade das forças policiais e dos magistrados do Oikos. Ninguém foi preso ou responsabilizado. Uma gigantesca onda de indignação tomou conta de milhares dentre preteridos e hostilizados pelo regime cristão. Indignação que foi se espalhando, contagiando várias cidades.

Imagens de um cidadão de bem rachando a cabeça de um artista com candelabro ensanguentado circularam pelas redes sociais, ateando fogo, incomodando até os acomodados entre os desgostosos com tudo que se passava no país.

A maré de comoção balançou até grandes colunas do Oikos.

Cornelius, meu caro! Olhe para nós! Quem diria que chegaríamos tão longe? O Brasil se tornando a grande nação cristã que sempre sonhamos! Vê-Vê, com um sorriso triunfante, ergue sua taça na sala principal do Palácio da Alvorada.

A semente plantada há anos, finalmente floresceu. O povo abraçou a fé, a família, os valores tradicionais... O Brasil se curvou à vontade de Deus! Cornelius, com sorriso enigmático, retribui o brinde.

E como se curvou! As ruas tomadas por milhões de fiéis! O hino nacional ecoando nos templos! Os ímpios tremendo diante da justiça divina! Glória a Deus! Vê-Vê, com fervores pios.

Sim, a demonstração de fé é contagiante. Mas, às vezes, me preocupo com o excesso de zelo de alguns... A violência, as perseguições... Pensativo, toma um gole do champagne Bollinger La Côte Aux Enfants.

Cornelius, seja pragmático. Não se faz uma omelete sem quebrar alguns ovos! Aqueles que se opõem à vontade de Deus merecem ser punidos! É preciso extirpar o mal pela raiz!

A linha que separa a justiça do fanatismo pode ser tênue. Lembra-se do que aconteceu com o candidato socialista? Usar a Bíblia para justificar agressões é temerário.

Aquele imbecil mereceu o que aconteceu! Quem ousa banalizar a Santa Ceia e deturpar a Palavra de Deus?! Tolerância tem limite! Irritada, bate com o punho na mesa. *O importante é que o Brasil está no caminho certo! Deus, Pátria e Família! É isso que importa!*

A comunidade Hacker havia desenvolvido tecnologia de criptografia que permitia comunicação livre das garras cibernéticas do Oikos. Lançando mão da tecnologia e de redes sociais alternativas, uma poderosa articulação ganhou corpo em questão de dias, com ajuntamentos virtuais.

Em um desses encontros, Ashbel, a Fênix, o primeiro do nosso grupo de amigos a se envolver com o movimento, sugeriu um estranho nome de batismo para o nascente levante: *Oinos.*

Comecei a rir, achando tratar-se de mais uma das brincadeiras de Ashbel.

Gutemberg, veterano sindicalista do ABC paulista, esbravejando, queria saber que diabos era aquele nome, e já foi logo avisando, sem meias palavras, que estrangeirismos não tinham vez ali. Ashbel, porém, não se abalou, rebatendo que ninguém ali tinha o direito de falar sobre nomes estranhos: carregava o fardo de se chamar Ashbel Simonton desde que nascera.

Bora acalmar a porra dos ânimos, o.k.? Veio do perfil libriana.é.o.cassete.

Segundos de constrangimento e retornamos ao clima inicial, pré-Gutemberg.

Oinos vem da terra de Homero. É vinho. Vinho Novo na boca de Jesus.

Vai pregar cristianismo pra gente, é?! Tá de sacanagem... Silvério, um ex-diplomata aposentado compulsoriamente aos quarenta anos depois de uma denúncia anônima no Departamento de Missões Internacionais, onde trabalhava, a respeito de sua orientação sexual. *Por causa dessa merda de cristianismo é que estamos nesse atoleiro!*

Silvério, pega leve... Deixa o cara falar, ouviu-se o apelo, sem que se soubesse de quem partira.

É, fui batizado na igreja. É, ameacei, condenei e delatei em grego, latim e hebraico. Agora quero assaltar o paiol da religião, roubar-lhe as armas e munições lexicais, dar o troco que ela merece. Subversivos... Não é disso que nos chamam?

Fez-se um silêncio auscultatório e a Fênix pode continuar sem atropelamentos.

Contra que tipo de poder vocês pensam que estão lutando? O poder das armas? Do Estado? Da religião? Sim, certamente. Escutei sem entusiasmo.

Mas o visgo que gruda tudo é a paternidade, a onipresença do pastor e seu cerco sobre as consciências, aliviando-as da angústia das escolhas. Deus já se decidiu e decidiu tudo, e anda cochichando no pé de ouvido de alguns. "coma, não coma"; "vire à esquerda, pegue a direita, siga em frente"; "Ele é seu homem, ela é sua mulher". O doméstico vinho engarrafado há séculos.

Ninguém põe vinho novo em odres velhos, já que o vinho novo romperá os odres; entornar-se-á o vinho, e os odres se estragarão. Ao contrário, vinho novo é para ser posto em odres novos, e ambos se conservam. A voz de Ashbel saiu empostada, um hábito igrejeiro.

Assim embaralhou o Nazareno as cartas do jogo, atraindo para si o ódio dos vinicultores e daqueles que ganhavam a vida fazendo odres.

Um pouco entediado, levantei para me espreguiçar. Foi quando reparei que das telas dos que deixavam a câmera aberta pulavam globos curiosos. A Fênix os havia fisgado.

A vida, em contato com o velho e o familiar os explode em pedacinhos; estoura as estruturas carcomidas e inflexíveis que desejam regular e domesticar o que é indomável. A vida resiste à codificação e às forças de controle e disciplina. A vida é um paradoxo: onde se manifesta, algo se conserva e se harmoniza, algo se estraga. Hierarquias e o pensamento baseado em hierarquia se estragam, desbotam, perdem a força e os usos, se tornam desinteressantes, ininteligíveis, fazem água, giram no vazio. O Vinho Novo se manifesta: os do partido da ordem se ofendem; loucos e hereges estão em casa.

Fiquei atento mais à eloquência com que falava Ashbel do que naquilo que dizia. Quase não o tinha visto falar, muito menos daquele jeito.

Puta merda! É isso! Somos os Oinos e vamos mandar pelos ares todos esses odres velhos! Esbravejou Diabo Loiro, que recebera o simpático apelido em razão da ruiva cabeleira e do seu temperamento.

A Fênix ainda se demorou por uns minutos, esbanjando eloquência.

Seguiu-se rápida votação *online*, sendo o nome *Oinos* aprovado por trezentos e cinco votos a favor, apenas dois contrários, incluindo o voto de Gutemberg.

Uma das primeiras tarefas do Oinos foi a formação de grupos para cuidarem das diversas frentes do trabalho de resistência, a principal – na qual todos queriam tomar parte – sendo pensar e pôr em prática estratégias de enfrentamento ao poder pastoral – vampiro da vida e da liberdade –, não só nas igrejas: na sociedade.

Tinha a construção de túneis subterrâneos, viabilizando o deslocamento dos *oinos* em caso de fugas apressadas das garras dos Cidadãos de Bem e da força policial do regime. Arquitetos e engenheiros se encarregavam do trabalho, executado com maestria.

E o trabalho de pichação em prédios públicos, viadutos, estações de metrô e muros ao longo de vias expressas. Pichavam-se frases contra a tirania do regime, denunciando seu populismo, as mentiras, os crimes. Tornou-se costume utilizar-se de versos da própria Bíblia para expor as contradições do regime.

A principal pichação – marca da Resistência – é uma versão subvertida da palavra "Oikos", formada pelo símbolo do regime, uma tesoura aberta para a letra "K" - censura –, o segundo "O" transpassado por uma faca – violência –, e a letra "S" em forma de serpente – sagacidade e engano.

Com tudo acontecendo, ninguém desleixava das ações formativas, a exemplo da aula pública no Cine Glauber Rocha, orientadas pelo resgate da memória coletiva, pela pedagogia da educação contra a barbárie – as formas da insensibilidade.

Procurávamos fazer tudo de forma orgânica, participativa e democrática, sem apelar para hierarquias e formação de lideranças. Isso exigia um esforço muito grande de cada um de nós, acostumados à forma de vida estruturada em classes, distinções sociais, méritos e deméritos.

Evitava-se o denuncismo. Nada de instâncias de apelação e tribunais. Tudo deveria ser resolvido por meio de muito diálogo, empatia e solidariedade.

Problemas? Sim, claro que sim. Tivemos, e vez por outra ainda temos, momentos muito tensos, de quase rupturas, mas conseguimos conciliar as diferenças, as idiossincrasias sem que ninguém tivesse que abrir mão de sua liberdade e autonomia.

Estamos experimentando, o Vinho Novo, e pode levar muito tempo até que o experimento se torne carne de nossa carne e osso de nossos ossos, até que o vivamos tão naturalmente como respiramos, com tais palavras Ashbel procurava nos animar, sempre que notava uma baixa na moral da tropa.

OINERS. A palavra apareceu no boletim eletrônico 244 do movimento, em encarte de domingo. Pela primeira vez um companheiro se referia aos da Resistência como "Oiners", aqueles que "pertencem", "os" oinos, membros de um clube.

Uma luz vermelha pulsou no meu peito, uma sirene de alerta soou na minha cabeça. A passagem de "oinos" para "oiners" não é picuinha. Mudança de foco, da substância de um movimento para seus protagonistas de momento. Poderia ser o primeiro passo em direção a labirintos exclusivistas. Como um saruê sorrateiro na noite, vai se insinuando a ideia posicional de "nós" versus "eles", e quando menos se perceber daremos cria à intolerância, odiando "os de fora", não-oiners.

Não foi obra do acaso o texto publicado no boletim abordar a questão da "identidade" do movimento. Seu autor, Gomide Napumoceno, defendia: *devemos ter mais clareza sobre o que nos faz um "oíno"; é urgente criarmos nossa "carta de princípios"; "o que faz" e "o que não faz" um oiner?*

> *Livrai-me dos sentimentos e pensamentos seguros de si, circulares e bem ajustados!*
> *Onde toda dúvida sucumbe miseravelmente.*
> *O pensamento explica o sentimento e o sentimento confirma o pensamento.*
> *O inviolável da identidade!*
> *Prefiro o baile errático da vida, a crista da onda, onde tudo está em movimento não antecipado.*

Duas tendências políticas ensaiavam entrar em rota de colisão.

> *Colocar gente nossa lá, é isso que muda as coisas.*
> *já foi feito e sempre nos arrancam "de lá".*
> *Eu falo de pôr as mãos no timão do navio.*
> *eu quero é pôr a pique o navio com sua carga, a [civilização!*
> *Quem tem mais força na arena, leva!*
> *abandone a arena e o jogo de cartas marcadas acaba.*

No vigésimo quarto encontro do Oinos, quando contávamos com cerca de vinte mil companheiros *online*, as duas tendências partiram para o confronto aberto.

> *Nós, fundadores, devemos ter direito de veto.*
> *dissensio!*
> *Nós, instância superior.*
> *numquam!*

Unum corpus sumus.
habeas corpus!
Arché.
anarché!
Proudhonianos lunáticos!
pra lá com seu "porrete do povo"!

A greco-romana não acabou por empate técnico, como se suspeitava. Tinha que se resolver no voto.

Submetidas ao escrutínio, qual não foi minha decepção quando os *arcontes* obtiveram vitória esmagadora: dezessete mil e trezentos votos a favor e apenas dois mil e setecentos contrários.

Arembepe

Final da tarde de uma sexta-feira de junho, inverno na capital baiana, toca o interfone. Ana Clara atendeu.

Tem uma correspondência aqui na portaria para Dona Madalena, o porteiro, um senhor educado, de poucas palavras.

Vou descer para pegar, respondeu Ana Clara, animada com a chance de ir ao *playground* do prédio futricar um pouco com as amigas.

Estava deitada na cama com as pernas para cima, aliviando as dores dos quarenta anos, quando entrou Ana Clara, entregou o envelope pardo, amassado nas extremidades, um pouco molhado de chuva. O volume parecia ser um livro ou algo do tipo. Tentei abrir com as mãos, com as unhas, que quase se partiram. O envelope estava bem lacrado, com muitas fitas adesivas. Fui até a cozinha para pegar a tesoura, só a encontrando no quarto de Maria Quitéria que terminava uma bricolagem para a escola.

Vencidas as fitas adesivas, tive acesso às vinte páginas manuscritas com caneta de tinta azul.

Querida Madalena, quanto tempo...! A primeira linha.

Aqui é Ivan. A segunda linha.

Ivan? Não conheço nenhum Ivan...

Milésimos de segundos se passaram até que associasse o nome ao falecido. Peguei de volta o envelope pardo para ver o remetente: "Ivan Santana de Albuquerque", com o endereço "Aldeia Hippie, Abrantes – Camaçari – Bahia – CEP 42830-022".

Coisa da Fênix! Ele é amado e odiado por suas constantes brincadeiras, muitas de mau gosto, como aquela, de péssimo gosto.

Quanto mais eu lia, contudo, fui me dando conta que Ashbel teria que ser um gênio para inventar tudo aquilo, principalmente aquela caligrafia, que conhecia muito bem depois de ler dezenas de vezes o diário de Ivan.

Gelei. Taquicardia de um jazz bruto. O quarto escureceu. Cólicas. Acho que se passaram minutos até arrefecerem-se os efeitos e eu pudesse recobrar plenamente os sentidos.

Um calor de estupefação, seguido de fúria por ter sido feita de idiota, junto com os demais. *Toda a comoção no velório, todas as horas de choro, me sentindo culpada e deprimida... Como ele pôde fazer isso com a gente?! Com a própria mãe?!*

No início da primeira página, destacado em amarelo vivo: *Otávio não pode saber dessa carta, nem sobre meu retorno. Vida ou morte.*

O que tem Otávio com tudo isso?! Quer me enlouquecer... É isso! Falei como se Ivan estive na minha frente.

Guardei aquela papelada toda na última gaveta da cômoda, onde amontoavam-se revistas antigas. Não suportaria ler nem mais uma palavra daquele egoísta desalmado.

Passados dois dias a raiva foi dando lugar à irresistível curiosidade. Recolhi as folhas da gaveta, retomei a leitura.

Os dois homens que me seguiram na noite de primeiro de abril eram agentes do Oikos. Quando já chegava perto do meu prédio, aproveitaram uma área de pouca luminosidade para me abordar, armados de pistolas.

Você tem 72 horas pra deixar o país, comunistinha de merda!

Ou sua mãe, Elvira, poderá sofrer um terrível acidente.

Isso aí, porco! O segundo homem, mais corpulento, com o cano da pistola na minha testa.

Não fale com ninguém, apenas saia do país.

Os dois sujeitos pegaram uma rua transversal e desapareceram no breu da noite.

Tremia que nem vara verde quando abri, com dificuldade, deixando cair as chaves duas vezes, a porta do apartamento. Assim que desabei no sofá, uma chamada no *smartphone*: mainha, para dizer que uma pessoa por nome Estêvão Banon, dizendo-se meu amigo, acabara de ligar pedindo para dar o recado, que *ligou para saber de você.* Aquelas seriam as últimas palavras que ouviria dela.

Ainda fiz vários planos para permanecer no Brasil, longe do radar do regime, mas sempre encontrava fragilidades. Não vi alternativa. Sempre quis ser mochileiro a percorrer o mundo, conhecendo comunidades alternativas, experimentando novas formas de vida. Agora tinha a chance de realizar meu sonho, não da maneira como imaginei, mas era tudo que tinha.

Não levei nada do que estava no apartamento. Comprei tudo novo, novos sapatos, novas roupas, uma grande mala, mochila de alpinista e parti, dois dias após o encontro com os agentes do Oikos, me sentindo péssimo por não poder deixar meus parentes e amigos a par dos fatos. Deixei o Brasil a caminho de Chiapas, no México. Lá vivia um velho amigo dos tempos do

Colégio Central, antropólogo, estudioso dos Zapatistas. Com o dinheiro sacado da conta bancária, comprei as passagens, tendo sobrado o suficiente para cobrir as despesas por alguns meses.

Um par de anos no México e saí perambulando pelo mundo, conhecendo outras comunidades.

Alguns anos na pequena Marinaleda, na província de Sevilha, Espanha. Pus na cabeça que partiria quando soube que Juan Manuel Sánchez Gordillo, fundador e primeiro prefeito eleito da cidade, permanecia no cargo há trinta e quatro anos. Não tendo o dinheiro necessário para a empreitada, tive que aguardar momento oportuno.

Mais aquela frustração, somado a tudo pelo que já havia passado, foi demais para mim. Fiquei dias sem sair do pequeno imóvel onde morava, enfiado nas cobertas, mesmo nos 35 graus do verão de Marinaleda. Ao fim de dois meses, quinze quilos a menos, consegui reunir forças para sair à rua.

Deixei um registro daqueles dias no novo diário:

Caleidoscópio.
Tudo gira, por dentro e por fora.
Dos traços e formas, restam borrões esticados no limite.
Estilhaçados sem dó e a contragosto nesse medonho e ártico muro cinza: dias que correm.
Um pouco de acerto nos lances de dado, please!
Se os sentidos já se embotavam, não é de hoje.
O "sentido" cambaleava, mas crueldade é outra coisa.
Quem ganha em espezinhar assim quem já vivia na bacia das almas?
Um mínimo de prazer, beg you!
Coçar as coceiras.

Lamber as feridas.
Um tempo a sós com Morfeu.
Meia hora de bom futuro.
Um pouco de possível, senão sufoco!

Não que não tivesse passado por momentos de depressão antes. Para ser sincero, frequentemente lamentava a falta de tempo para fazer o que bem quisesse, tendo que aceitar *trabalhos de merda* com jornadas de dez a doze horas por dia, de segunda a sábado, vários chefes *cabeças-de-bagre explorando e fazendo de bodes expiatórios seus subordinados.* Nada me deprimia mais do que as rotinas – qualquer que fosse, das higienes pessoais, passando pelas compras semanais no mesmo supermercado até a reincidência de pensamentos – e a disciplina, aquela *totalidade dos controles totalitários no local de trabalho: vigilância, tarefas repetitivas, ritmo de trabalho imposto, cotas de produção, horário para entrar e para sair.*

Depois de conseguir me livrar da depressão, fui trabalhar por um tempo com a pá e a enxada nas plantações de oliveiras próximo a Marinaleda. Com o dinheiro acumulado, cheguei à remota comunidade de Shengmin Chanyuan ou Novo Oásis, na província de Yunnan, sudoeste da China. Com ênfase na agricultura orgânica, numa espiritualidade terrena e em formas não convencionais de parentesco, as comunas do Novo Oásis eram um farol para pessoas de todos os matizes que procuravam escapar da poluição, da corrupção e do conservadorismo da sociedade chinesa.

O Novo Oásis tem um fundador, o excêntrico Sr. Xue Feng. Seus membros são conhecidos como "celestiais", todas as propriedades são compartilhadas e os casais dormem separados. Ao ingressar, cada membro assume um novo nome que termina com o caractere chinês para "grama", para indicar vínculo com o mundo natural e compromisso com a comuna. Casamento, dinheiro, supervisão e punição são todos proibidos – acreditam que essas coisas impedem a felicidade.

Liang Yue, cinco anos mais nova, segunda filha de um casal de camponeses da localidade de Lincang, foi uma *paixão tranquila*, tão distintas das demais quanto os chineses são dos brasileiros. Primeiro, entreolhares enquanto, lado a lado, colhíamos arroz. No fim do dia, nas reuniões no galpão para o chá, buscávamos sentar na mesma mesa. A rotina se estendeu por semanas antes de trocarmos as primeiras palavras em inglês. A partir daí foi tudo muito rápido até a primeira noite a sós numa cabana abandonada no sopé de um dos montes da região.

Dona de um belo par de graúdos, profundos e arredondados olhos castanhos, Liang, aventureira e espirituosa, a tudo reagia com pequenas risadas, que atribuí a uma timidez asiática.

Um par de anos e a inquietude começou a me assediar.

Já se sentiu inquieta aqui no Oásis? Como se algo estivesse faltando, apesar de toda a liberdade que temos?

Ela riu. *Inquieta? Como assim? Temos tudo o que precisamos aqui. Comida, abrigo, companhia... E o Sr. Feng nos guia com sabedoria.*

Mas e se essa "sabedoria" for apenas outra forma de controle? E se a ausência de dinheiro e casamento for uma maneira de nos manter infantilizados, dependentes?

O Sr. Feng só quer o nosso bem. Ele nos libertou das amarras do mundo exterior.

E a liberdade interior, Liang? De questionar, de discordar, de desejar algo diferente do que nos é oferecido? E se esse desejo de fugir, de buscar algo além dos limites do Oásis, for natural?

Fugir? Para onde iríamos? Aqui temos tudo. Lá fora só existe caos e sofrimento.

Mas e se esse caos for a própria vida? Com seus perigos e suas belezas, suas alegrias e suas tristezas? E se a liberdade for o direito de escolher o nosso próprio caos, o nosso próprio caminho, mesmo que isso signifique errar, sofrer, se perder?

Liang ficou em ambíguo silêncio, entre a diversão e a inquietação.

Passados dez anos desde minha compulsória e apressada partida do Brasil, um novo presidente do Oikos, menos intolerante, subiu ao poder, como sabe. Aparentemente as facas do regime se cansaram de cortar e rasgar carne humana. Iniciou-se um tímido processo de anistia para presos políticos.

A notícia chegou até mim. Somado à vontade de Liang de conhecer o Brasil, comecei a procurar por comunidades alternativas. Lembrei da Aldeia Hippie em Arembepe, próximo a Salvador, que visitei quando adolescente, como um dos muitos curiosos turistas que por lá aparecem de vez em quando, interessados em conhecer como vivem os "maconheiros".

Fiz contato com moradores da Aldeia para saber um pouco mais sobre a vida na comunidade, antes de tomarmos uma decisão. Fiquei encantado com os relatos e meu encantamento acabou por contagiar Liang.

Ficar longe da filha não agradava a mãe de Liang. Não criou caso, contudo, quando chegou o dia da partida. Apenas passou às mãos dela objetos sagrados para a jornada, entre eles um Chan Chu (Sapo da sorte nas finanças) e um Espelho Baguá (proteção) para ser usado acima da porta de entrada na sua futura casa.

Na manhã de verão do dia quinze de fevereiro de 2049, desembarcamos no Aeroporto Internacional Dois de Julho, seguindo diretamente para a Aldeia Hippie. Liang, acostumada com o clima temperado da região montanhosa de Yunnan, estranhou a sensação, muito própria da capital baiana, de leve sufocamento causado pela combinação de elevadas temperaturas e altíssima umidade. Logo seria recompensada com a visão paradisíaca do litoral e pelo calor humano dos arembepeiros.

Pequenas tábuas ajustadas uma à outra formavam o piso da ponte rústica sobre a lagoa, de águas douradas nas partes mais rasas e escuras, marrom-vermelho, nas mais profundas, como uma grande lagoa de chá-de-Rooibos. Essa foi a primeira visão que tivemos da Aldeia.

A ponte liga e separa dois mundos: do lado de cá, dos que não sabem viver sem grana na conta-corrente, sem seguros de vida e provisões para a aposentadoria; do lado de lá, o de quem resolveu se lançar de cabeça no incerto e mutante universo da contracultura; dos que se cansaram dos ternos e das gravatas, do tempo marcado pelo ritmo da produção capitalista; de viver para pagar contas, da roda-viva dos grandes centros e seu frenesi consumista, da busca incessante da prosperidade e da felicidade pequeno-burguesa: patrimônio, emprego estável, bom casamento e filhos bem-criados.

Depois da ponte, descalços, encontramos a tenda dos artesãos com criações magníficas. Fernando, artista que vive há décadas na Aldeia, foi quem primeiro nos deu as boas-vindas. Foi logo fazendo sua encenação com a mandala articulada, feita de aço cirúrgico e pedras azuis: uma história das origens do universo e do desenrolar da humanidade. Um movimento na mandala e uma etapa da saga humana se encerrava, dando início a outra, sempre em direção ao caos planetário.

No *tour,* Fernando ainda nos levou para conhecer a Casa de Artes Calango e o espaço mais interessante da Aldeia, a Usina de Arte, uma espécie de *atelier* com montanhas de materiais espalhados por todos os cantos: frascos de tintas e solventes, produtos de limpeza, cabaças de vários tamanhos, telas prontas, outras inacabadas pelo chão, um cavalete de madeira; sobre caixas de papelão e apoiado numa bicicleta com sinais de desgastes pelo tempo, dois violões, uma pequena caixa de som, um pandeiro "meia lua" amarelo.

Os arembepeiros da Aldeia tem o costume de batizar filhos e filhas com nomes de pedras preciosas. A filha de Fernando chama-se Ametista. A maioria das mulheres deu à luz a seus bebês no Rancho Janis Joplin. Para a educação das crianças contam com uma escola baseada na pedagogia Waldorf que *faz com que a criança tenha contato com a terra, com o que a natureza deixou, sem perder a inocência, mas tendo noção do que é bom e do que é ruim,* palavras de Fernando, que gosta de resumir assim a experiência de viver na Aldeia: *A beleza é natural, mas a resistência é histórica.*

O calor intenso, resolvemos nos refrescar na lagoa. A água estava morna, aconchegante. Ficamos ali por cerca de uma hora, boiando como pedras de gelo na imensa xícara de chá-de-Rooibos a céu aberto.

Antes do encontro com o mar subimos as dunas de areias brancas e vegetação rasteira, guardada por coqueiros-sentinelas, baixos com cocos verdes e gigantes apinhados de grandes cocos alaranjados.

No alto da duna, no tronco de madeira que sustenta uma das casas, a frase formada por quatro tabuinhas fixadas com pregos, cada uma contendo um pedaço da frase: *viva como... Se tudo fosse... Uma despedida... Porque é.* Metros à frente, outro tronco com novas prescrições: *Desacelere... Respire... Relaxe... Contemple... A natureza.*

Começamos a descer as dunas em direção ao mar.

Tā mā de!![12]

Com expressão de muita dor Liang quase me lançou ao chão, apoiando-se com toda força no meu ombro.

Something pricked me up![13] Mostrando a sola do pé direito enquanto uma lágrima rolava sobre o rosto de seda chinesa.

Lá estava a razão da cena: um grande espinho encravado próximo ao dedão do pé.

Crendeuspai! Alarmou-se Fernando. *É espinho de Mandacaru enterrado na areia. Conte algum segredo para os deuses, eles estão a esperar. Você expôs o mandacaru que estava escondido e agora precisa revelar um segredo.* Retirou o espinho com muita rapidez, habilidade de quem trabalha com minúsculos objetos na Usina de Arte.

Quando somos espetados por Mandacaru, o grito de dor bate lá no Panteão dos Deuses Praieiros, que descem até as copas dos coqueiros para escutar um segredo, e só vão embora depois que o segredo é confessado. Enquanto permanecem nos coqueiros, a maré nem enche, nem vaza, o que não é bom. Maré empacada não põe peixe na mesa.

Liang não entendeu nada do que dissera Fernando e me encarou, esperando algum socorro. Expliquei em inglês o que pude compreender da estranha e inverossímil história. Ela franziu a testa. Naquele momento estava mais interessada em aliviar a dor do que em contos arembepianos.

12 "Merda!", em Mandarim.

13 "Algo me espetou!", em inglês.

Let's go into the sea. Salt water is very good for relieving pain and helps heal all wounds, body and soul[14], convidei-a.

Ficamos um tempo nas águas tranquilas de Arembepe. Liang começava a esquecer do espinho. Boiava e, de olhos fechados, curtia os pequenos golpes das marolas sobre o corpo leve e afilado. A experiência se enriquecia por uma gostosa queimação do sol sobre a pele branca e o gosto de sal marinho na boca.

Liang, que trabalhara com artesanato no seu país, logo entrou para comunidade de artesãos e artesãs da Aldeia, fazendo todo tipo de bijuteria com o uso do onipresente aço cirúrgico. Aprendeu com Fernando a fazer mandalas. Começou a ensinar o bê-a-bá do Mandarim, inicialmente para Fernando, depois para algumas crianças. Me juntei ao poeta Walter na produção de literatura e na organização de uma pequena biblioteca comunitária.

Cada morador da Aldeia tem sua história de como veio parar em Arembepe. Por razões que desconhecia, muitos ali eram professores universitários entediados da vida acadêmica: *cansei das metas de publicação de artigos científicos; de ter que dar aulas para um bando de papagaios a repetir velhas teorias de defuntos europeus dos séculos XVIII e XIX,* esclareceu Inácio.

Outros, como eu, chegaram até a Aldeia comprimidos por desilusões com formas carcomidas de participação política: partidos, sindicatos, associações de classe, organizações não governamentais, diretórios acadêmicos. Muitos trazem cicatrizes do tempo em que foram abusados dentro de alguma instituição religiosa.

Fernando, um dos mais acessíveis da Aldeia, o mais lúcido, seguramente, chegou à sua própria elaboração acerca dos arem-

---

14 "Vamos para o mar. A água salgada é muito boa para aliviar a dor e ajuda a curar todas as feridas, do corpo e da alma", em inglês.

bepeiros. Emoldurada, pendurada precariamente por um prego torto na parede, ornamentava a sala da cabana:

Existe o maluco-maluco e o maluco-beleza.
Da maluquice do maluco-maluco, digo: nem certo nem errado.
Não faltam razões para enlouquecer.
O maluco-beleza teme a pura doideira enquanto enoja-se da normopatia.
Controla a maluquez com pitadas de lucidez.
Maluco-beleza não é modelo, não é utopia.
É uma tentativa.
Um gemido que se move, escapulindo.
Maluquice mesmo é essa vida de réguas, compassos, esquadros.
"Meço, logo existo". Sou centímetros, você polegadas.
Sarjeta dos cálculos.
Estimações e cuidados enfadonhos.
O maluco-beleza quer extensão. Contato. Fios desencapados.
Ousa saltar sobre si.
Uma, duas, mais uma vez, de outro jeito, sem jeito.
Virar-se no avesso do avesso, do avesso.
Com suas próprias mãos mendicantes, rasga sua primeira pele, as hesitações.
Rasga a segunda pele, o juízo.
Nu.
Em carne viva, na Hiroshima em que se explodiu, uma vez mais,
Corre, não para.
Corre louco para Arembepe.

Um gemido que se move, escapulindo, a frase ficou pulando de um lado para o outro na minha cabeça, por dias, o tipo de coisa que você escuta e diz lá no íntimo: *É isso! Está tudo aí – o vivo que geme, o andarilho das contraculturas, o impulso de escapulir, evitando a captura.*

Se me perguntarem o que penso de Arembepe, direi: é a *New Thing* que não cabe na chatice dos pré-moldados; a vida que acontece, que só pode acontecer, na improvisação; onde as dissonâncias não soam alarmes, convocando bombeiros da ordem; uma última trincheira além, muito além, das linhas bem-comportadas, que nunca se cansam de sequências harmônicas.

O desembarque, a forma mais solitária e estranha de agir, negando-se a agir, é também a mais libertadora. Exercê-lo é defender com unhas e dentes nossa última trincheira.

Junte os cacarecos, de humano, de teimoso.
De tópico e utópico, de sagaz, de terno e eterno.
E caia fora!
Desembarque!
Suma!
Para uma geografia outra,
Para uma vida sua, uma cuca legal, alma leve e solta.

Não é tempo de bastilhas nem de barricadas!
Canta o sabiá-laranjeira na copa da árvore.

Que o sacerdote mofado abra a missa de corpo presente.
Deixem que os corvos mercadores e vendilhões devorem a carne exaurida.
Registre a frequência, bata a meta, mostre urbanidade,
Finja e emule aos goles.
Viva a má vontade!
Mova-se sinuosamente no pântano dos razoáveis.

Dissimule. Encene. Os trouxas celebrarão a vitória.
Seus movimentos erráticos, experimentos,
Sua cumplicidade, a incendiária paixão,
O conatus buliçoso, a libido forte, desejo pleno,
O amor enorme, sonhos, vacilos:
Guarde tudo com você
Para nosso amanhã duvidoso.

Não é tempo de bastilhas nem de barricadas!
Sussurra o sabiá-laranjeira na copa da árvore.

Que os abutres fiquem com a carcaça.
A nós, última trincheira, não!
À pequena felicidade.
De baixo custo, sempre viável, sem méritos nem deméritos, nenhuma conquista.
Caminhar por ai, com o ardido do sol, a melancolia do frio,
Conversas de asneiras,
Tretas, falatórios,
Viajar, latitudes, longitudes.
Gazetear nos becos com ideias vagabundas.
Comer com gula desatenta o ócio bem-dito.
Aromas que passam, café coado, descendo pelo retrogosto.
Sacanear adultos na sala com piscadas e códigos combinados.

Não é tempo de bastilhas nem de barricadas!

Essas foram as últimas palavras de Ivan na vigésima página do manuscrito. Depois disso, silêncio. Nenhum outro contato foi feito, tão pouco tive coragem de ir visitá-lo em Arembepe.

Drapetes

Sobrecarregada com as tarefas do dia a dia – o leva e busca das filhas na escola, intermináveis compras no mercado, passeios com o cachorro, academia de ginástica –, com as responsabilidades profissionais – aulas, reuniões administrativas na universidade – e as obrigações de esposa, Madalena sentia o corpo precocemente envelhecido: ressecamentos, rugas nos cantos dos olhos, pálpebras levemente caídas, peles e ideias flácidas, falta generalizada de viço, no desejo e no olhar.

Para quê tudo isso? O que estou fazendo da minha vida? Vinha à cabeça, depois que todos estavam dormindo, estirada na cama, os músculos do pescoço duros como diamantes, coração descompassado. Os sintomas se agravavam, outros iam surgindo – movimentos musculares involuntários, dormência nas extremidades do corpo, boca seca e, por último, tremor na mão direita. Tudo acompanhado do amigo de longa data: murmúrio solitário, contido. Não queria incomodar o marido nem as filhas com asneiras depressivas e sentimentais.

Trabalhamos e nos preocupamos a vida toda e o que é que ganhamos com isso? Ao preparar a próxima aula, enquanto aguardava o sinal verde no semáforo. Sabia que já tinha lido algo parecido, não recordava onde. Até passar em frente de uma igreja, observando na cruz que se elevava sobre o telhado, lembrou que a frase estava no livro do Eclesiastes. Abriu o aplicativo da Bíblia no *smartphone*, achou o texto completo: *Trabalhamos e nos preocupamos a vida toda e o que é que ganhamos com isso? Tudo o que fazemos na vida não nos traz nada, a não ser preocupações e desgostos. Não podemos descansar, nem de noite. É tudo ilusão.*

Chegou a dividir fração das angústias com Otávio e com Ana Clara, a filha mais velha – só viam ingratidão e imaturidade nos seus desassossegos. Ingratidão: Madalena tinha uma vida que muita gente pede a Deus, cercada de pessoas que a amavam, um cargo de professora titular na Faculdade de Direito, seu sonho profissional, amigos de verdade, embora em número reduzido.

Imaturidade: suas questões – *Qual o sentido, afinal, dessa vida? Por que trabalhar tanto, se ocupar tanto, e termos tão pouco tempo para nós mesmos? Por que desistimos tão facilmente da liberdade? Por que somos tão acanhados?* – eram muito básicas, próprias do primeiro par de décadas da vida. Sem falar que destruiu com as próprias mãos muitos castelos de areia para depois, depois que tudo se foi, pôr-se a chorar, a lamentar a má sorte. *Que vida injusta!*

Mas suas questões lhe eram por demais caras. Depois de um tempo esquecidas, dos vinte e poucos anos até os quarenta – tempo de "batalhar", de "ser alguém na vida", de "construir um futuro" –, retornaram com toda força. A maioria dos adultos, não se sabe exatamente como nem porquê, é poupada desse desagradável regurgitar de questões juvenis. Madalena não tivera essa sorte: infeliz, a se debater desnecessariamente – parecer de Otávio e Ana Clara –, com perguntas sem respostas;

melhor, perguntas de respostas tão óbvias que formulá-las não tinha cabimento.

Para complicar mais as coisas, sua angústia era difusa. Raramente conseguia articular com precisão e coerência os sentimentos, o que contribuía para envolver as queixas numa atmosfera de descrédito e névoa pueril. Às vezes recorria à linguagem escrita em vã tentativa de se entender, de se fazer entender. As palavras eram tão confusas e mal colocadas quanto a voz em falsete que adquiriu com o desgaste das cordas vocais. Irritava-se com essa incomunicabilidade dos sentimentos, fazendo-a duvidar, como de resto os demais, da realidade de tudo que a afligia. *Se ao menos existisse um botão vermelho que eu pudesse apertar... Me ejetar dessa angústia... Um comprimido que eu pudesse engolir... Estancar a hemorragia de inculcações ...* Vez por outra se pegava pensando em bobagens como essas.

Na Igreja, era capaz de ouvir um sermão inteiro sem, contudo, lembrar-se de uma só palavra. O mesmo acontecia depois de ver um filme. Por mais que se esforçasse, fracassava em reter, muito menos dar coerência aos pensamentos. Passou a ter extrema dificuldade para ler livros, guardar regras de jogos de tabuleiro, sua fixação desde a meninice. Bastava uma palavra qualquer, "sofreguidão", uma expressão banal, "de pernas pro ar", uma imagem no tabuleiro – ampulheta –, e desencadeavam-se ideias errantes que a levavam para becos emocionais.

Do emaranhado de ideias, uma em particular foi ganhando força: *fugir*. Quando criança dava zignais na escola. Adulta, corria das relações amorosas; receava que os "compromissos do amor" terminassem por restringir seus movimentos. A conversão ao cristianismo, os estranhamentos com a fé institucionalizada e se esquivava do poder pastoral, da dominação disfarçada de cuidado. Então o Oikos, a repressão, a clandestinidade – para não ser pega, para não desaparecer, fugia, como no dia em que escapou por pouco, correndo com Ivan pelas ruas da Barroquinha. As escapadas para seu retiro espiritual, a Praia da Espera. Pensava e sentia como uma drapetomaníaca[15], desejando urgentemente se livrar de clausuras que nem sabia nomear.

Pensando bem, até quando quis ter filhos, foi uma maneira de fugir de um casamento que se tornara insosso, sem o brilho e a leveza dos primeiros anos.

Agora, com quarenta e poucos anos de idade, estava mais atenta à finitude das coisas, o que a impelia a dedicar boa parte do tempo na evitação do fim, ao menos em adiá-lo o quanto fosse possível.

Assediada por tais pensamentos, sufocada com tais sentimentos, para não enlouquecer precisa emular evasões, nem que por algumas horas. Aproveitando que as filhas estavam na escola, o marido no trabalho, se vestiu como bem quis, despojadamente. Foi ao quarto da filha, passou o batom de cor mais viva que encontrou. Amarrou os cabelos num penteado de tranças. Perfumou-se com fragrância juvenil. Queria sair, percorrer a cidade, se misturando às gentes. Decidiu que tomaria o primeiro ônibus que passasse.

Assim que saiu do prédio onde morava na Avenida Araújo Pinho, bairro do Canela, um ônibus estava parado no ponto. Correndo o mais rápido que pode, subiu no veículo quando o motorista começava a pisar no acelerador. Desconhecia o des-

---

15 Diagnóstico psiquiátrico racista que defendia que a fuga de escravizados africanos era causada por uma doença mental, a **drapetomania**. O termo é uma junção das palavras gregas "drapetes", fugitivo, e "mania", loucura. Aqui, o termo tem o sentido de ânsia generalizada de liberdade.

tino e o itinerário – pouco importava. Era um ônibus da linha Rodoviária Circular R-1.

Da janela, observava a paisagem que se modificava à medida que avançava na viagem, de bairro em bairro: Canela, Federação, Rio Vermelho, Itaigara, Caminho das Árvores, Brotas, Barbalho, Santo Antônio e, finalmente, Comércio, na Cidade Baixa. Quando chegou à Rua Estado de Israel, próximo ao Hospital Naval de Salvador, lembrou-se de suas raízes nagô. Quis ir até a região de Água de Meninos, não longe dali.

Desceu do ônibus. Assustou-se com os enormes silos de concreto do Moinho J. Macedo. Começou a caminhar, voltando a reparar na grandeza dos silos. *O que será que tem aí? Trigo ou milho?... Cadáveres escondidos nos grãos?* Lembrou do que leu no jornal, sobre as mortes silenciosas de pessoas soterradas em silos como aqueles.

Contornou a esquina da Rua Estado de Israel com a Av. Engenheiro Oscar Pontes, avançou uns vinte metros pelas ruas cinzas, sujas e perigosas (pensava como um morador da Cidade Alta) da região portuária e estancou em súbito terror. Voltou correndo para o ponto de ônibus. Depois de dez minutos sem passar nenhum ônibus, sem ver uma alma viva, concluiu que menos arriscado seria caminhar até seu destino, Água de Meninos.

Toda zona portuária, aqui não seria diferente, tem um aspecto inóspito, triste, como terra esquecida por Deus. Somente estivadores, carregadores e marinheiros estão à sua altura. Essa violência, a aspereza da cena, aqueles galpões sem nenhum charme, pilhas de contêineres de todas as cores – Lego da globalização –, guindastes exaustos... É a poética portuária, divagava.

Enquanto caminhava, imaginava o que seu marido e suas filhas diriam se soubessem do imprudente passeio. Desde aquele carnaval e seu lance com Ivan na Ponta de Humaitá que não punha os pés na Cidade Baixa. Envergonhou-se do (velado) *Apartheid* que segrega moradores da Cidade Baixa dos da Cidade Alta.

Chegou à Feira de São Joaquim, onde no passado funcionava a icônica Feira de Água de Meninos, a África na Cidade da Bahia. A Revolta dos Malês de 1835 teve seu fim naquele lugar, com o massacre dos revoltosos. Muitos dos escravizados, encurralados, afogaram-se durante desesperadas tentativas de fuga. O ancestral nagô de Madalena bem pode ter sido um dos que tombaram ali, na última batalha pela liberdade.

Demorou-se na feira, circulando entre as barracas apinhadas de artigos – cestas de vime, cabaças coloridas, pilões de madeira, colheres de pau – e ingredientes da culinária africana – garrafas de dendê em tons de vermelho, montanhas de camarões secos, quiabos, castanhas e amendoim. Barracas com peixes pescados artesanalmente por pequenas embarcações que insistem contra a grande indústria pesqueira. Gostava sobretudo dos cheiros: da hortelã, do coentro, açafrão, das frutas – em especial o inconfundível perfume das mangas rosas – e dos incensos.

Buscando uma visão da Baía de Todos os Santos, caminhou por dentro da feira, chegando ao Bar e Restaurante São Jorge à beira mar. Quase meio-dia, estava com fome. Pediu uma moqueca de siri-mole, uma caipirinha e ficou ali, sentindo a salinidade da maresia. Daquele exato ponto chegavam e partiam, no século XIX, saveiros trazendo os frutos do Recôncavo. Hoje, o *fluxo e o refluxo* são de cargueiros abarrotados com mercadorias de todas as partes do mundo.

Podia ver os saveiros entrando na Baia, chegando lentamente, com rústicas velas brancas, subjugados aos caprichos dos ventos, até aportar onde hoje está o Terminal Pesqueiro Sobradinho. Viu meninos dando mergulhos, imaginou-os órfãos da Casa Pia de São Joaquim a se esbaldarem naquelas águas. A cena lhe veio: suas filhas pequenas, misturadas aos Capitães da Areia, brincando, tentando pegar siri com jereré.

Notando o vai e vem dos *Ferry Boats*, quis fazer a travessia Salvador – Bom Despacho, na Ilha de Itaparica.

Naquele mesmo dia, bem cedinho, assim que os primeiros raios de sol dissiparam a escuridão da noite, Ivan deixou a Aldeia Hippie. Caminhou até a Estrada do Coco, a rodovia BA-099, para pegar um ônibus em direção a Salvador. Saiu enquanto Liang dormia. Para uns dois ou três, compartilhou no dia anterior sua intenção de "ir até a cidade". Eles, contudo, desconheciam os planos e as motivações do amigo. Acharam que Ivan precisava de algum produto, algum serviço que só poderia ser encontrado "na cidade".

O deslocamento era a culminação de muitos e penosos dias de inquietude. A vida com Liang na Aldeia transcorria às mil maravilhas, sem sobressaltos. Tirando os dias nos quais havia algum evento "especial" – fazer um fogo numa roda de violão, uma atividade social com visitantes, o nascimento de um bebê no Rancho Janis Joplin, a morte de um membro da comunidade –, a rotina consistia em acordar por volta das oito e meia da manhã, tomar um café comunitário regado a cuscuz, de milho ou de tapioca, beiju com coco, pães e biscoitos caseiros, para em seguida dedicar-se às atividades: Liang na Usina de Arte transformando aço cirúrgico e pedras preciosas em bijuterias; Ivan, quando não estava ajudando aldeões a construir ou reparar suas casas – um buraco no telhado de palhas, a criação de uma fossa sanitária, a abertura de um poço artesiano –, cuidava da biblioteca e produzia literatura. A pesca era uma atividade fundamental para a subsistência; todos deveriam dela se ocupar: os adultos pescavam embarcados, as crianças usavam varas de pescar na beira da praia.

A vida tranquila na Aldeia, contudo, foi precisamente o estopim para tanta inquietação, tantas indagações que incidiam, cada vez com maior força, sobre a consciência de Ivan. Numa tarde agradável de primavera, se deitara na rede, de frente para o mar, sob a sombra generosa de um coqueiro e, plenamente satisfeito, disse pausadamente: *Isso que é vida...* Mal terminara a frase, foi atingido por um constrangimento lancinante, que se fez acompanhar por um desfile de vivas e doídas imagens de todo tipo de gente estropiada, humilhada e maltratada que vegetam nas margens do sistema-mundo, alojados entre as engrenagens, alijados da boa vida que ele desfrutava todos os dias naquele pequeno oásis de paz e tranquilidade.

O que restou de tudo que aprendi, que defendi com unhas e dentes, sobre amor ao próximo, solidariedade, fraternidade, empatia?... Sobre companheirismo em meio à luta?... Ainda resta algum vestígio de idealismo, de desprendimento, dentro de mim?... Ou me tornei um grandessíssimo filho da puta egoísta? Um covarde narcisista que aprendeu a se esconder atrás dessa conversinha fácil sobre liberdade e autonomia? Se perguntava.

Havia passado tempo demais naquela redoma, concluiu. Perdera muito da sensibilidade de outrora, agora podia enxergar. Precisava voltar a ter contato com "sua gente", estar nos lugares onde as verdadeiras batalhas são travadas: ruas e guetos das grandes cidades, escritórios de prédios comerciais e repartições públicas, ônibus e metrôs lotados, escolas e universidades. *Se não há revolução triste, também não pode haver revolução na alegria pueril*, repetia para si mesmo.

Decidiu que iria a Salvador se misturar, sentir por todos os poros a Grande Humanidade.

Mas essa era só uma parte das inquietudes, a que não teria problema em dividir com qualquer um da Aldeia, numa conversa em volta de um fogo. Quanto à outra, tinha nomes e sobrenomes – Liang Yue e Fernando Tupinambá. A amizade entre os dois foi, pouco a pouco, cedendo lugar a afetividades românticas e certa atração física, evidentes na forma como passaram a se dirigir um ao outro – toques ousados, olhares sustentados, palavras cuidadosamente escolhidas –, e no tanto de vezes que se podia vê-los juntos, em conversas animadas.

Ivan, que nunca soube como tocar no assunto com Liang, tentava racionalizar, atribuindo toda situação à sua incapacidade de ser um porto seguro para a companheira. Temia tanto a estagnação que não conseguia perceber que entre o repouso e a aceleração constante há o demorado, lento o suficiente para dar tempo às decantações vitais, rápido na medida certa de evitar sedentarismos mórbidos. Talvez a ânsia urgente dos *drapetes* os levem a confundir movimentação, pura energia cinética, com movimento, um gesto, carregado de intencionalidade. Não era a segurança de portos que Liang buscava, mas depósitos vitais: olhares que caem lenta e demoradamente sobre outros, mãos e braços que descansam sobre o desejo, a fina fécula do pó afetivo que vai se depositando aos poucos, se não há ventanias. Ivan ignorava essa ciência.

Na Estrada do Coco, tomou o ônibus 415 da linha Largo da Calçada/Porto de Sauípe. Da janela, maravilhava-se com a diversidade humana, mais nuançada quanto mais adentrava na zona urbana – os tipos de roupa, os penteados, os gestos, as vozes, a agitação de uns, a calma de outros. Havia esquecido quão belo é o cosmopolitano!

No percurso, cruzou o município de Lauro de Freitas antes de entrar em Salvador, passando pelos bairros de São Cristóvão, Paralela, Imbuí, Caminho das Árvores, Pau Miúdo, Retiro, Curuzu, Liberdade e Calçada, na Cidade Baixa.

Quando chegou à Avenida Engenheiro Oscar Pontes, avistou a Feira de São Joaquim, quis comer um peixe-frito com farofa e vinagrete no Restaurante Mar e Sol, onde costumava almoçar na época em que morava na Cidade Baixa. Desceu do ônibus, entrou na feira e foi direto ao restaurante. Trinta metros separam o Mar e Sol do Bar e Restaurante São Jorge, onde encontrava-se Madalena.

Estava com sorte: o dono do restaurante, que também era o cozinheiro, disse que o pescador acabara de entregar dez Vermelhos, grandes e frescos, os preferidos dos clientes. Para acompanhar, pediu uma cerveja bem gelada. Antes do peixe, porém, um caldo de sururu. As refeições eram servidas num pequeno terraço com vista para a Baia de Todos os Santos. Comeu aquela maravilha bem devagar, desfrutando da vista.

Depois do almoço foi até a beirada, onde o mar encontra a mureta de concreto – observava a movimentação dos *Ferry Boats*, partindo e chegando da Ilha de Itaparica.

Viu um guaiamum tomando banho de sol sobre a pedra. Ao se aproximar, descobriu que aquele *gecarcinídeo* é um *drapetes*.

Do São Jorge, Madalena seguiu a pé, resoluta, para o Terminal Marítimo de São Joaquim, de onde partiam os Ferry Boats. No caminho, porém, hesitou, pensou em desistir de toda aquela criancice, retornar à sensatez, à segurança do *seu mundo*. Aquele deveria ser o momento em que Ana Clara ou Otávio interromperia seus devaneios com alguma demanda qualquer – *Mãe, você viu aquele meu batom rosa Pink? Amor, não encontro meus óculos de sol* -, fazendo-a aterrissar. Mas eles não estavam ali. Madalena continuou em rota, chegando ao Terminal.

Ivan também seguia para o terminal marítimo, com semelhante pretensão, embora distinta: não *fazer* a travessia, nela habitar.

No salão de espera, Madalena, de bilhete em mãos, aguardava a hora do embarque. O próximo Ferry a zarpar seria o Zumbi dos Palmares. Começou o embarque. Mais uma vez hesitou. Hesitação, não: medo. Sempre pensando sobre o que suas filhas e seu marido diriam de toda aquela loucura. Embarcou. Subiu as escadas, se dirigiu à popa da embarcação, pois queria ver o rastro de espuma branca formado pelas grandes turbinas.

O Ferry já soava o apito da partida, começara a fechar as portas quando Ivan entrou esbaforido no navio, o último a embarcar. Subiu as escadas e, diferente de Madalena, se dirigiu à proa, buscando uma boa visão da Baía de Todos os Santos, na esperança de ver golfinhos ou, se tivesse com muita sorte, o salto de uma Jubarte.

O *pier* da partida se tornava distante quando, anamnésica, Madalena mastigava um pensamento: *a fuga só pode dar certo se, antes de partirmos, nos detivermos tempo suficiente, voltados para trás, encarando a senzala, o plantation, até nos saciarmos de raiva e amor-próprio.*

A proa subia e descia, borrifando água salgada em seu rosto quando, quixotesco, Ivan repetia, silenciosamente, que *a fuga só vale a pena se nos voltamos para frente, se nos lançamos com coragem, por antecipação gozamos o que pode vir a ser.*

A embarcação vencia metade do percurso quando um vento atlântico jogou grande número de *nimbostratus* sobre a Baia de Todos os Santos, antecipando a noite. A brisa da partida deu lugar a fortes rajadas que atingiam o Zumbi dos Palmares pelo flanco esquerdo.

O mar jogava pra valer, as ondas com ódio consumado sobre o velho casco. Os veículos no piso inferior se tocavam, luzes piscando, alarmes soando. Restou ao capitão dar a ordem: *abandonem o convés!*

Madalena e Ivan se juntaram ao grupo que afluiu à lanchonete em busca de um café para se aquecer – as bebidas eram servidas em copos térmicos com tampas de plástico, um truque para manter o líquido no recipiente com a ébria embarcação.

Foi quando...

Madalena!

Meu Deus!... Ivan... É você?!

O pensamento começou a catar fichas; as emoções, a emitir as primeiras bolhas.

Uma fragrância de sacralidade foi inevitável, dado o extraordinário da situação.

Até ensaiaram uma conversa habitual, mas cada palavra pesava toneladas. Uma necessidade tácita por espaços mais reservados se impôs. O que quer que fossem dizer daquele ponto em diante não poderia ser dito num balcão de uma lanchonete apinhada de estranhos.

O mais próximo de uma câmara recôndita que encontraram foi a capela do navio, à meia-luz, onde cabiam quinze, no máximo vinte pessoas. Estava vazia e assim permaneceria, a menos que as condições climáticas lá fora piorassem, convocando devotos às súplicas.

De frente um para o outro, demoraram-se em atenta contemplação, intercalando goles de café. *Um destilado agora seria mais útil*, cogitou Ivan sem dizer nada, prevendo minutos intensos à frente.

É... Ivan Santana de Albuquerque... Cruzando as pernas, ajeitando o cabelo; *Madalena Abubakir...* Esfregando as mãos.

Ainda tem contato com Camila e Ashbel?

De vez em quando a gente se fala.

Como estão?

Camila vive com Camilo. Você acredita? O nome do cara é Camilo! Riram-se. *Ashbel continua em voo solo, cuidando da funerária, um negócio de família. Todos seguem firmes no Oinos.*

Ah, o Oinos, sim, naqueles primeiros dias apostávamos tudo no movimento, mas hoje... Hoje tenho dúvidas. Talvez não quiséssemos admitir o óbvio, que as papilas gustativas preferem vinhos envelhecidos. Mas que bom saber que estão bem!

E Liang? Poderia ter perguntado, e seria de bom tom, mas prevaleceu um antigo e tácito combinado, quase um hábito, de quando juntos, tudo mais ficaria em segundo plano, incognoscível, só importando o "nosso lance", como seita secreta, acessível somente aos dois.

Sei porque fugiu. Li seus papéis. Mas esses anos todos... Sem nenhuma mensagem... Você tem ideia do quanto a gente sofreu?!

De um gole, terminou o café, martelou o copo sobre a mesinha de madeira, como se o quisesse pregar.

Eu sei, eu sei. Perdoe-me. Havia muitas razões para acreditar que estavam me monitorando. Se uma mensagem minha fosse interceptada, poderia colocar em risco a vida de muita gente. Até hoje me culpo por deixar que minha mãe partisse com aquele pesar. Abaixou a cabeça por um instante... *Mas cá estamos.*

É, estamos. A vida teve que inventar um curso para seguir.

A vida não para de se reinventar.

Diz isso porque morreu e tens sua segunda chance. Não sei morrer, se me entende, por isso a vida me escapa. Não soube, não quis sustentar a finitude, tentando driblá-la.

Os olhares se atiraram, agarrando-se como náufragos prestes a submergirem.

Todos esses abismos...

Pessoas como nós, que dilatam as narinas quando excitadas, que por qualquer convite vai logo se jogando nos braços da vida, não se contentam em vegetar.

Buliçosos que somos.

Meu rebuliço é fantasiar caminhos solitários, novos rumos a cada repouso fracassado.

Invento espíritos livres e destemidos, do contrário sucumbiria nos pântanos melancólicos.

Nosso jeito de desacolher toda essa bullshit reality.

Ivan, o presente está colonizado pelo passado e por futuros imaginados na cabeça da gente.

Sim, e os dois são expansionistas.

Por isso me espremo e me agarro ao que resta de presente descolonizado. Ali encontro as melhores chances de viver acima da mediocridade.

Acima da vida adulta e responsável, você quer dizer, né, Madá?

Isso mesmo. Mas não esqueça que a mediocridade excede a vida adulta, quando o "sentimento do dever cumprido" faz de cada um de nós o respeitável carrasco de si próprio.

Tenho pra mim que maturidade é aquele estágio em que a vampirização da vida acontece com nossa colaboração, um ponto de não-retorno.

Passei desse ponto e agora, dissipado o gozo da respeitabilidade, restou apenas o dissabor de ser um pedaço de terra que não para de se desprender de continentes, cada dia mais parecida com uma ilha.

A deriva é um convite a velejar, estendendo a mão.

Não... Não aguento mais... Mais um-que-poderia-ser-e-não-foi!

Começou a retrair a mão. Ele a puxou de volta. Abraçou-a com força.

A realidade dói, e a maior das dores é saber que ela tem poucos concorrentes.

Não ligue muito pra isso. O amor é sempre uma correspondência de absurdos, sussurrou no ouvido.

O que quer dizer?

Que, contra tudo que sempre acreditei, o amor pode acontecer no incontornável desencaixe entre duas pessoas, na sopa primordial das transgressões.

Desmaiaram-se as entranhas. Desistiu de resistir. O corpo distensionou, aderindo-se ao dele.

Diversas vezes quis que me arrematasse em um abraço longo, infinito. No entanto evitei-te sem fim.

Nunca me atrevi, isso a manteve em dúvida. Mas o que passou, passou.

Tenho muito mais que dizer.

Guarde.

Não.

Guarde um pouco. Não saberia viver sem perguntas sem respostas.

Era no seu dedo que deveria ter amarrado o pedaço de barbante com juras de amor, segurando com delicadeza os dedos tortos dele.

Tivemos nossos olhares de juras.

Sim, tivemos, mas era com você que deveria ter dançado a valsa das debutantes.

Levantou-se, estendeu as mãos: *Concede-me a honra?...* Pôs a mão direita em sua cintura, entrelaçando sua esquerda com a direita dela; a conduziu, passo a passo, cantarolando *La Valse d'Amélie.*

Os primeiros movimentos, prejudicados pelo balanço do mar, foram executados com a rigidez de um manequim.

Ronronava a cintura de Madalena, podia sentir. A sobra de recusa foi cedendo, sua mão afundou um pouco mais no quadril.

Sorriam, ela de bigode chinês, ele de linha de marionete. E logo bailavam com movimentos ferozes, zombaria na cara do Destino.

Segurou-a pela cintura, firmando as duas mãos ossudas. Com esforço a tirou do chão, braços entesados, trêmulos, rodopiavam em incerto equilíbrio.

Foi a vez dela. Cantou baixinho – não queria atrair curiosos – uma silhueta de *Merry-Go-Round of Life.*

Isso... Dance, dance! Voe, voe! Acelerando os movimentos. *Afinal, não fazemos nada demais.*

Não! Não diga isso! Gritou um grito primevo, desabando no chão, aos prantos. *Minha vida inteira foi isso... Um enorme "nada demais".*

Tentando aparentar calma, agachou-se ao lado dela, braço sobre o ombro, querendo consolá-la de alguma viuvez.

Ahn...Ahn... Contraída como dormideira, alisava com as mãos a barriga. *Ai, ai...* Como se lamentasse uma gestação perdida.

Embora alarmado, vê-la assim, tão vulnerável, suscitou-lhe um gozo fora de hora, de sentir-se seu protetor. Esqueceu-se por um instante da dor de Madalena – desejou que o tempo se estagnasse, eternizando aquele prazer.

Como se compartilhasse do gozo de Ivan ou em gesto de condescendência, abraçou seus joelhos.

Um forte solavanco – atracava o Zumbi dos Palmares no Terminal Marítimo Bom Despacho: TERRA FIRME!

Abriram-se os olhos

Imediatamente se re-compôs: *Que vergonha!... Desculpe...* Se levantou, ajeitando o vestido, enxugando com o dorso das mãos os rastros quase secos de lágrimas. *Não sei o que deu em mim. Isso tudo aqui é uma grande loucura.*

Tem razão, não sei onde estava com a cabeça.

Parece que nossos doppelgängers nos pregaram uma peça, se insinuando em caminhos não trilhados.

Mas que ainda podem ser percorridos.

Já fomos longe demais...

Pense só: esses andarilhos, sombrios e felizes, vivem apenas na possibilidade. Nunca terão pernas para arrombar as portas do nosso mundo. Não se preocupe.

Não sei... Não quero terminar como Golyadkin, desfeito pela sombra.

Não perambule em suas noites de tempestade, e tudo ficará bem.

Adentra à capela um sujeito de duras feições, calça preta, camiseta branca, chapéu branco e azul de marinheiro: *Ei, beatos!... Hora de desembarcar!*

Papel **pólen bold** 90g/m²
Tipologias **Linux Libertine G** 12 e **Aaux ProBlack** 27
Impresso no **outono** de 2025